ちくま文庫

O・ヘンリー　ニューヨーク小説集

青山南＋戸山翻訳農場 訳

筑摩書房

【目次】

O・ヘンリー　ニューヨーク小説集

魔女のさしいれ

ミス・マーサ・ミーチャムは、街角で小さなパン屋を営んでいた（階段を三段のぼり、ドアを開けるとベルがチリンチリンと鳴るような店である）。

歳は四十で、銀行の通帳には二千ドルの残高が記載されている、二本の義歯と慈愛に満ちた心の持ち主だった。たくさんのひとたちが結婚していったが、だれもかれも、ミス・マーサと比べれば、そうする機会にははるかに恵まれていないひとたちだった。

週に二、三回、店にやってくるお客がいて、彼女はしだいにその客が気になりはじめた。中年の男で、メガネをかけ、茶色の顎髭をていねいに刈り込んでいる。

男は強いドイツ語なまりの英語を話した。服は、擦り切れてつくろわれていたり、だぶだぶでしわが寄っていたりしたが、きちんとして見え、物腰もとても柔らかかった。

いつも古いパンを二個買っていく。焼きたてのパンは一個五セント。古いのは二個で五セント。古いパン以外のものを買い求めたことはなかった。

あるとき、男の指に赤と茶のよごれがついているのを見た。ミス・マーサは、画家なのだ、とても貧しいのだ、と思った。きっと屋根裏部屋に住み、絵を描いて古いパンを食べ、ミス・マーサのパン屋で売られているおいしそうなパンを食べたいと夢見ているのだ、と。

しばしばミス・マーサは、骨つき肉、ふっくらしたロールパンやジャム、紅茶をまえにしてため息を漏らし、そのたびに、あの紳士的な画家が、すき間風の入るような屋根裏部屋で乾いたパンを食べるかわりに、自分のおいしい手料理を味わってくれればいいのに、と思うのだった。

ミス・マーサの心は、すでにお話ししたように、たいへん慈愛に満ちていたのである。

男の職業についての自分の推理を確かめてみようと、ある日彼女は、安売りで買った一枚の絵を部屋から持ち出し、店のカウンターのうしろの棚に立てかけた。

それはヴェニスの風景画だった。壮麗な大理石の宮殿《パラッツォ》（と絵に説明書きがある）が手前の地面——というか水面に建っていた。ほかには、何艘かのゴンドラ（女性が水に手をさしいれている）、雲と空、そして明暗法の光と影のたくさんの組み合わせ。画家ならこれに目をとめないわけがない。

二日後、かの紳士がやってきた。

「古いパン、二個、ぐださい」

「いい絵、おもぢですね、マダム」パンを包んでいると、いつものドイツ語なまりで紳士が話しかけてきた。

「そうですか？」ミス・マーサは、企みがうまくいったと喜んだ。「大好きなんですの、美術と（ダメよ、そんなすぐに「画家」なんて言っては）、絵が」、と言い換えた。

「いい絵だと思われます？」

「バランス」、と紳士は言った。「よくないデス。エンキンホー、ただしくないデス。ソレデハ、マダム」

男はパンの包みを受け取り、軽く頭を下げて足早に去っていった。

まちがいない、画家なのだ。ミス・マーサは、絵をまた部屋にもどした。

メガネの奥でかがやく瞳の穏やかで優しそうなこと！　なんて立派な額！　ひと目で遠近法のまちがいがわかるだなんて——そんなひとが古くかたくなったパンで暮らしているとは！　だけど、天才というものはたいてい苦労した末に認められるというものよ。

絵画と遠近法にとってどれほどすばらしいことだろう、もし天才が二千ドルの貯金とパン屋と慈愛の心で支えられたなら——しかし、そんなのは夢物語だ、ミス・マーサ。

それからというもの、男は陳列ケースをはさんでちょっとした世間話をしていくようになった。ミス・マーサの快活なおしゃべりが聞きたくて仕方ないようだった。

男はあいかわらず古いパンを買っていった。ケーキもパイも、ミス・マーサ特製のサリーランというおいしい菓子パンも、ひとつとして買うことはなかった。

ミス・マーサには、男が日に日にやつれ、元気がなくなっていくように思えた。そまつな買いものに、なにかおいしいものをおまけしてあげたくてしかたなかったが、いざとなると勇気が出ない。自尊心を傷つけたくなかったのである。芸術家のプライドというものを知っていたから。

ミス・マーサは、青い水玉模様の絹のブラウスを着て店に立つようになった。奥の部屋では、マルメロの種とホウ砂を混ぜ合わせたあやしげなものを作っていた。肌つやをよくするために多くの人たちが愛用していたものだった。

ある日、その客がいつものように店を訪れ、陳列ケースの上に五セント硬貨を置き、古いパンを注文した。ミス・マーサがパンを取り出そうとしたとき、消防車が一台、警笛と警鐘を激しく打ち鳴らしながら通り過ぎていった。

男は、誰もがするように、様子を見ようとドアへ駆け寄った。とっさにミス・マーサはひらめいた、いまだわ。

カウンターの内側にある棚のいちばん下に、牛乳屋が十分前に届けてくれたばかりの新鮮なバターがひとかたまりあった。ミス・マーサは、パン切りナイフで二個の古いパンに深い切れ目を入れ、たっぷりバターをぬりこむと、ギュッと閉じて元にもどした。

男がもどってきたときには、パンを紙で包んでいるところだった。

いつもより楽しいおしゃべりをひとしきり交わして男が帰ったあと、ミス・マーサはひとり笑みを浮かべたが、少し心臓がドキドキしていた。

大胆すぎただろうか？　気を悪くしないだろうか？　いや、だいじょうぶ。食べものにメッセージはないんだから。バターが淑女らしからぬあさましさの象徴《しるし》なんてことはないんだから。

その日はずっとそのことばかり考えていた。男が、彼女のいたずらに気づく場面を想像していた。

あのひとは絵筆とパレットを置く。イーゼルには描きかけの絵がのっており、その遠近法には非の打ちどころがない。

それから、乾いたパンと水だけの昼食を用意する。パンに切り込みを入れる、と――あっ！

ミス・マーサは頬を染めた。あのひとはバターを入れたわたしの手を思い浮かべながら食べるのだろうか？　そして――。

そのとき、入口のベルがけたたましく鳴り響いた。誰かが乱暴に入ってきたのだ。ミス・マーサは店先へと急いだ。そこには男が二人。ひとりは若い男で、パイプをくわえていた――いままでいちども見たことのない顔だった。そしてもうひとりは、例の画家だった。

画家の顔は真っ赤で、帽子はずり落ち、髪は逆立っていた。そして両手のこぶしを握りしめると、ミス・マーサに向けて激しくふり立てた。ミス・マーサに向けて。「ダムコップ《ばかやろう》」ものすごい大声で叫び、そして「タウゼンドンファ！」とかなんとか、ドイツ語で。

若い男が画家を外へ引っ張り出そうとした。

「マダだ」男は怒っていた。「マダ、言ッタくれてやる」

男は、店のカウンターをバスドラムのように打ち鳴らした。

「オマエのぜいでだいなじだ！」怒鳴る男の青い瞳は、メガネの奥で怒りに燃えている。「ごのやろう、ごのおぜっかいのばばぁネゴが！」

ミス・マーサは、へなへなと棚に寄りかかり、片手を青い水玉模様の絹のブラウスにあてた。若い男が連れの襟首をつかんだ。

「行こう、もうじゅうぶんだ」、そう言って怒り狂う男を外の舗道まで引きずり出すと、またもどってきた。

「お伝えしておくべきでしょうね、マダム」と、若い男は言った。「あんなに騒いでいる訳を。あいつはブランバーガーといいます。建築製図士で、わたしはおなじ事務所の同僚です。

「この三カ月というもの、ブランバーガーはずっと新しいシティホールの設計図に取り組んでいました。懸賞金付きのコンペがあったものでしてね。そして昨日、ようやく墨入れが終わりました。製図士は、最初は鉛筆で描きますからね。そうやって描いたあと、ちぎった古いパンで鉛筆の線を消すんですよ。消しゴムよりよく消えますから。

「ブランバーガーは、ここでずっとパンを買っていました。そしたら、今日——そう、ほら、マダム、あのバターですよ——ええ、ブランバーガーの設計図はまるで使いものにならなくなったんです、切り刻んで駅売りのサンドイッチの包み紙にでもするしかなくなった」

ミス・マーサは店の奥の部屋へ引っこんだ。青い水玉模様の絹のブラウスを脱ぎ、ずっと着ていた茶色の古い毛織のブラウスに着替えた。それからマルメロの種とホウ砂の混ぜものを窓から外のゴミ缶に流した。

作品のなかにニューヨークであることをはっきり示す記述はないが、「新しいシティホール」とは、当時マンハッタンで計画中だった「ミューニシパル・ビルディング」のことを指しているのだろう。

十九世紀末、人口が急増していたニューヨークでは、十九世紀初めに建てられた既存の市庁舎だけで行政機能・サービスを司ることがむずかしくなり、新しい建物が必要となっていた。

そこで、一八八八年から一九〇七年にかけて、四回のコンペが行われ、十二の建築事務所が応募した最終コンペで選ばれたのは、マッキム・ミード&ホワイト事務所である。当時は摩天楼が次々と登場しはじめていた時代だが、古典的な様式建築で名を馳せていたこの事務所にとって、高層ビルの建築は初の試みだった。しかし、若いスタッフが中心となって、ローマ建築等の要素を取り入れた壮大な高層建築を見事につくりあげた。

完成したのは一九一四年だが、いまもなお世界最大級の庁舎として知られている。一九六六年には、ニューヨーク市の歴史的建造物に指定された。センター・ストリートとチェインバーズ・ストリートの角にある。（菅野楽章）

伝えてくれ

季節としても時刻としても公園が人で賑わうようなときではなかった。だから、その若い女性、散歩道の片側のベンチに腰掛けている彼女も、たんに、しばらく座って春の訪れの気配を楽しみたいという突然の衝動に身を任せただけのことだろう。彼女は休んでいた、物思わしげに、じっとして。表情にいくぶんか哀愁があったが、それはごく最近に生まれたものにちがいない。健康的で若々しい頬のかたちに変化はなかったし、いたずらっぽいが意志の堅そうな唇の曲線にもへんな歪みはなかったからである。

背の高い若い男が、彼女のいる近くの小道に沿って、公園を大またで歩いてきた。後ろには旅行かばんを持った少年がぴったりとついている。女性が目に入ると、男の顔が赤くなり、そしてまた青白くなった。近くにさしかかると、希望と不安をないまぜにして、彼女の表情をうかがった。女性まであと数ヤードというところを通ったが、彼の存在や気配に気が付いたかどうか、確証は得られない。

五十ヤードほど離れると、彼は突然立ち止まり、片側のベンチに座った。少年は旅行かばんを降ろし、賢そうな目に驚きを浮かべて男を見つめた。若い男はハンカチを取り出して額をぬぐった。上等なハンカチ、上等な額、そして男の見てくれも上等だ。彼は少年に言った。

「あのベンチの女性に伝言を届けてほしい。伝えてきてくれ、僕はいま駅に向かっているところで、これからサンフランシスコへ発って、アラスカへラジカ狩猟探検に参加しようと思っている、と。いいか、伝えてくれ、話しかけることも手紙を書くこともするなと命じられたので、こういう方法で君の正義感に最後の訴えをするのだ、と。起こったことを正しくわかってほしいのだ、と。伝えてきてくれ、そうされる謂《いわ》れのない人間を、理由も告げず、説明の機会も与えず、咎めて見捨てるなんて、僕が信じる君の性質に反している、と。伝えてくれ、だから僕は君の命に背く、と。君ならきっと正義がおこなわれるのをいまなお見たいだろうと信じている、と。さあ、行け、伝えてきてくれ」

若い男は五十セント硬貨を少年の手に落とした。少年は、黒い知的な顔からきらきらした賢そうな目で男をしばらく見つめてから走り出した。そして少し不安げに、しかし臆せず、ベンチの女性に近づいた、古びた格子柄のサイクリングキャップの、頭の後ろ側にまわしたつばに手をやりながら。女性は冷ややかに少年を見た、偏見も好意もない。

「ご婦人」彼は言った。「あっちンベンチにいる紳士がアンタに歌と踊りを届けろってさ。もし知ンねえ奴で騙そうとしてんだっつンなら言っちくれよ、三分でオマワリ呼んでくっから。もしあン人を知っちンなら、アレはなかなかの正直もンだから、届けろっつってたアチイ思いを伝えさしちもらうぜ」

女性はかすかに興味をしめした。

「歌と踊りですって！」と彼女は言った、微妙な皮肉の薄い衣で言葉を包むような、わざとらしい甘い声で。「斬新な発想ね――まるで吟遊詩人みたい。昔――知り合いだったのよ、あなたをよこした紳士さんとは。だから警察を呼ぶ必要はほぼないと思うわ。歌と踊りを披露してくださってもいいけど、あまり大きな声では歌わないで頂戴。大道芸にはまだ少し時間が早いし、目立ってしまうかもしれないから」

「ありゃ」少年は大きく肩をすくめて言った。「どンな意味かわかっちンだろ、ご婦人。踊ろっつンじゃないよ、ちょっとしゃべらしてもらうだけ。あン人、アンタにこう言えっつったンだ、あン人、襟っことカフスボタンをあン鞄に入れてピューッとサンフランシスコに行っちまうンだと。そンで、クロンダイクでスノーバードをやっつけンだと。アンタがもうピンクな手紙なんか送りつけちくンな、庭の門のとこをうろついたりすンなっつーもんだから、アンタに全てを伝えンのにこン方法をとったンだと。アンタ、あン人を終わった男みたいに審判して、全然全く判決をけっとばすチャンスをくンなかったって。あン人をぶっ叩いといて、なンでかは言っちくンなかったってさ」

若い女性の瞳にかすかに宿った興味が弱まることはなかった。おそらくそれはスノーバードハンターが独創的にあるいは大胆に出たせいだった。ありきたりのやりかたでのコミュニケーションを禁じた彼女の断固とした命令をこうしてまんまとかわしたのだった。彼女は雑然とした公園に寂しげにたたずむ彫像をながめてから、伝達者に言った。

「その紳士さんに伝えて頂戴、私の理想を繰り返し語るつもりはありません、と。それが何であったか、何であるのか、あの人は知っているはずだから。この件に関する限り、絶対的な誠実さと真実がいちばん大事なんだから。伝えて頂戴、私は精一杯きちんと自分の心を見つめてきたから、自分の心のなにが弱いか、なにが足らないかもわかっている、と。だから、弁解を聞くのはお断りさせていただいた。それがどんなものであったとしてもね。うわさや不確かな証拠であの人を咎めたわけじゃない。だから罰するようなこともしなかった。でも、あの人は自分でもよくわかっているはずのことをどうしても聞きたいようだから、事情を伝えてくれてもいいわ。

「私はあの夜、裏から温室に入っていったの。お母様に一輪のバラでもと思ってね。そしたら見たのよ、桃色のキョウチクトウの木の下に彼とアシュバートンの御嬢さんがいるところを。そのシーンのなんと素敵なこと。でも、その体勢、その並列ぶりはあまりにも雄弁で、説明なんて要らなかった。私は温室を離れた、と同時に、バラも、わたしの理想もこの身から離れていった。さあ、この歌と踊りをあなたの歌劇団の団長さんのもとへ持って行って」

「ピンとこねえ言葉がひとつあンな、ご婦人。教えちくンねえか、へい――へいっつうのは？」

「並列――あるいは密着でもいいわ――なんなら、人が理想的な位置関係を維持するには近すぎる距離にいる、でもいいけれど」

砂利が少年の足元から弾け飛んだ。彼はたちまちもういっぽうのベンチのそばに立っていた。男の目が問いかけてくる、飢えたように。少年の目は、通訳としての私情をまじえない熱意で輝いていた。

「ご婦人言ってたぜ、アチシはわかってンだと、男ってヤツは嘘っぱちをご披露しちきたり仲直りしようとたくらンできて、そうすっと女なンかイチコロなンだって、だから甘いコトバなンち聞きたくねンだと。あン人は現行犯で捕まえてンだと、旦那があったかい家で子猫ちゃんを抱きしめてっとこをさ。あン人は花でも引っこ抜こうと思ってちょちょっと入っちったのよ、そしたら旦那がすンげえ勢いでほかン女を圧縮しちたんだと。そいつはナイスな光景だったって、結構結構、でも吐き気がしたってな。アンタなンかぼけっとしちないで、コソコソ汽車に乗っていっちまいなだとさ」

若い男は低く口笛を吹き、その瞳がなにかがひらめいたようにきらりと光った。手をコートの内ポケットに泳がせ、手紙の束を引っ張り出した。なかからひとつ選ぶと、それを少年に握らせ、つづいてベストのポケットから一ドル銀貨を手渡した。

「その手紙を女性に渡すんだ」彼は言った。「そして読むように頼んでくれ。そうすれば事情がわかるはずだ、と。伝えてくれ、信頼をほんの少しでも君の理想についての考えに織り交ぜていてくれたら、こんな辛い思いはきっと避けられていた、と。伝えてくれ、君が重きをおく誠実さは一度も揺らいでなどいない、と。伝えてくれ、返事を待っている、と」

使者は女性の前に立った。

「あン紳士が言ってるぜ、わけもねく落とし穴に落っことされちまったって。自分はそンな腐った奴じゃねえってさ、そンでご婦人、こン手紙を読みな、賭けちもいいがあン人潔白だぜ、間違いねく」

女性は手紙を開いた、いくらか疑わしげに、読み始めた。

親愛なるアーノルド先生

先週金曜日の晩は、娘への親切かつ適切な救助を誠に有難うございました。娘がウォルドロン夫人のパーティーの際、温室で持病の心臓発作に襲われたときのことでございます。先生が近くにいて適切な手当を施してくださらなかったら、我々は娘を失うところでございました。もしもご来訪いただき、引き続き診療をお引き受け頂ければ幸いに存じます。

感謝と敬意を込めて
ロバート　アシュバートン

若い女性は手紙を折りたたんで、少年に手渡した。

「あン紳士は返事がほしいってさ」使者は言った。「なンて言う？」

女性の目がいきなりきらめいて彼を見、輝き、微笑み、そして潤んだ。

「あっちのベンチにいる方に伝えて頂戴」彼女は言い、幸せそうに、体を震わせて笑った、「あなたの恋人はあなたがほしい、と」

男はアラスカへラジカ狩猟に出かけると語っているが、この時期、アラスカは注目の的になっていた。伝令をつとめるアフリカ系の少年が口にする「クロンダイク」はアラスカの地名で、一八九六年、そこで黄金が発見されて、いわゆるゴールドラッシュがそのときからはじまっていたのである。

そんなふうにアラスカがらみの作品でもあるから、男と女が別々のベンチにすわってそれぞれに様子をうかがっている公園はマディソン・スクエア・パークではないかと思われる。O・ヘンリーがこの公園をよく舞台につかっていたからというだけではなく、椅子にすわるウィリアム・スワードの彫像がここにはあるからだ。スワードは、一八六七年、国務長官として、アラスカをロシアから購入するのに尽力した人物だが、不毛な地を買ったということで「愚挙」と言われた。ゴールドラッシュでその名誉を挽回したのは亡くなってからずっと後のことで、本人は知らない。彫像が建ったのも亡くなってからまもない一八七六年で、ゴールドラッシュはまだ起きていない。まさに「公園に寂しげにたたずむ彫像」だった。

ひとつのベンチには男、もうひとつのベンチには女、そしてふたりを見下ろすのは椅子にすわった彫像のスワード。そこをアフリカ系の少年が駈ける。一幕劇の装置として完璧である。

（青山南）

二十年後に

巡回中の警官が、大通りを堂々と歩いていく。その堂々とした態度はもはや習慣になっていて、ただの見せかけというものではなかった。なにしろ見ている者などほとんどいないのだから。時刻はやっと夜の十時になろうというところだったが、雨の気配をはらんだ冷たく強い風が吹いているせいで、通りに人はほとんどいなくなっていた。

通りに並ぶ戸口の様子を見て歩きながら、細やかな器用な手つきで警棒をくるくる回し、ときおり注意深い視線を平穏な大通りに投げかけるその警官は、がっしりした体つきと、少しばかりふんぞり返った歩き方で、いかにも平和の番人そのものといった風だった。その辺りは店じまいが早かった。いまは煙草屋と終夜営業の軽食屋の明かりがぽつぽつ見えるだけで、ほとんどの店はとっくに就業時間を終えていた。

とあるブロックの中ほどまで来ると、警官は突然歩調をゆるめた。明かりの消えた工具店の戸口に寄りかかるようにして、葉巻をくわえた男が一人立っている。警官が近づいていくと、口を開いた、早口だった。

「なんでもありませんよ、お巡りさん」弁解するような口ぶりだ。「友人を待っているだけです。もう二十年も前にした約束なんです。ちょいとおかしな話に聞こえるでしょう。まあ、嘘じゃないってことを知りたければご説明しますよ。二十年くらい前、この店の立っている場所はレストランだったんです――〈ビッグ・ジョー〉ブラディーっていう」

「五年前まででね」警官は言った。「その年に取り壊された」

戸口の男がマッチを擦り、葉巻に火をつけた。その明かりに照らされて、青白くてエラのはった顔が浮かんだ。鋭い目つきで右眉のそばに白い傷あとがある。スカーフピンは大きなダイヤモンドだが、どこか風変わりな留めかただ。

「二十年前の今日の夜でした」男が言った。「ここ〈ビッグ・ジョー〉ブラディーでジミー・ウェルズと飯を食ったんです。最高のダチです、世界一いいやつです。俺たちはここニューヨークで育ちました、まるで兄弟みたいに一緒にね。そのとき、俺は十八で、あいつは二十歳《はたち》だった。次の日の朝には、俺は一旗揚げに西部へ発つことになっていたんです。ジミーもニューヨークから引っ張り出したかったが、そいつは無理な話でした。あいつはここが地上で唯一の場所だと思っていましたから。まあ、それでその晩約束をしたんです。きっかり二十年後の同じ日、同じ時刻に、またここで会おうって。たとえお互いがどんな状態にあって、どれほど遠い場所から来なけりゃならなくともね。二十年も経てば、お互い進む道も定まって、それなりに財も築いているだろうと見込んだわけです。たとえそれがどんな形であれ」

「とても興味深い話だ」警官は言った。「けれど、再会までの間がずいぶんと長く思える。ここを離れて以来、お友だちからは何の便りもなしですか?」

「いや、そりゃ、しばらくは連絡は取り合いましたとも」相手は答えた。「でも一年か二年過ぎたら、お互いに消息がつかめなくなっちまった。分かるでしょう、西部ってのはとにかく広いところで、俺はそこをがむしゃらに走り回っていたもんですから。でもね、生きているんだったらジミーは必ずここに会いに来ます。なんてったって、この世で誰よりも信用のおける誠実なやつですから。あいつが忘れるはずがない。今夜この扉の前に立つために俺は千マイルもの道のりをはるばるやってきたんですが、その甲斐もあったってもんです、昔の相棒が姿を見せてくれるんなら」

待つ男は立派な懐中時計を引っぱり出した。そのふたには小さなダイヤがいくつもはめこまれている。

「あと三分で十時だ」男が告げた。「ぴったり十時でした、あいつとここのレストランの扉の前で別れたのは」

「西部では大いに成功したのでしょうね」警官はたずねた。

「そりゃあもう！　ジミーのやつが俺の半分でもうまくやってくれているといいんですがね。なんというか真面目なだけが取り柄のやつだから。いや、いいやつではあるんですよ。こっちなんて、儲けるために、そりゃあもう頭の切れる連中とやり合ってこなけりゃならなかった。ニューヨークにいると、人間は型にはまっちまいます。カミソリみたいに機敏に生きるには、やっぱり西部に行かないと」

警棒をくるりと回すと、警官は一歩、二歩、と距離をあけた。

「私は失礼するとしましょう。お友だちがきっと来ることを祈ってます。時間に来なかったら帰るんですか？」

「まさか！」相手が答えた。「少なくとも三十分は待ってやるつもりです。生きているんだったら、それまでには来るでしょう。それじゃあ、お巡りさん」

「いい夜を」警官はそういって巡回に戻り、戸口の様子を見ながら歩いて行った。

いまや細く冷たい霧雨が降りだしていて、気まぐれに止みがちだった風もひっきりなしに吹き続けるようになっていた。わずかな通行人はもの憂げに押し黙ったまま足早に通り過ぎ、みなコートの襟をぴんと立ててポケットに手を突っこんでいた。そして工具店の戸口では、千マイルもの道のりを越えて、若き日に友人と交わした馬鹿馬鹿しいほど不確かな約束を果たしに来た男が、葉巻をふかしながら待ち続けていた。

二十分ほど待ったところだろうか、オーバーコートを羽織った背の高い男が一人、襟を耳元まで立てて、通りの反対側からいそいそとやって来た。まっすぐ、待っている男の方へ向かってきた。

「君、ボブかい？」その男がたずねた。疑わしげだ。

「ジミー・ウェルズなのか？」戸口にいた男は声をあげた。

「これは驚いた！」来たばかりの方は声高にいい、相手の両方の手をしっかり握った。

「本当にボブなんだな。生きていたら必ずここで会えると信じていたよ。それにしても、ああ！——二十年のなんと長かったことか。あのレストランはもうなくなってしまったよ、ボブ。まだやっていてくれたらなぁ、またあのときみたいに一緒に飯が食えたのに。おまえ、西部ではどれくらいいただいたんだい？」

「そりゃもう、ほしいものはぜんぶさ。ジミー、お前、かなり変わったな。思っていたより二インチも三インチも背が高い」

「ああ、二十歳《はたち》を過ぎてから少し伸びたんだ」

「ニューヨークじゃうまくやってんのか、ジミー？」

「そこそこね。役所の、とある部署に勤めていてさ。ついて来なよ、ボブ。すこし歩いて、僕のなじみのところへ行こう。積もる話はそこでしようじゃないか」

二人の男は大通りを歩き出した。互いに腕を取りあって。西部から来た男は、成功によって肥やされたうぬぼれのままに、これまでの出世話のあらましを語り始めた。相手の方は、オーバーコートに深く身をうずめるようにしながら、興味深そうに耳を傾けている。

通りの角にドラッグストアがあり、電灯が煌々と照っていた。そのまぶしい光の中にさしかかったとき、二人は同時に振りむいて、お互いの顔をまじまじと見た。

西部から来た男はいきなり足を止め、組んでいた腕をぱっと振りほどいた。

「お前はジミー・ウェルズじゃねえ」強い口調で言い放った。「二十年はたしかに長いよ、しかし、その程度の長さじゃ、高かった鼻がぺちゃんこに変わることはないぞ」

「善良な人間が悪人に変わることはあるがね」背の高い男は言った。「おまえの身柄は拘束されたんだ、十分前から、シルキー・ボブ。シカゴの警察が、おまえがこっちに出張ってきているだろうと踏んで、おまえと話をしたいと電報を打ってきた。おとなしく来てくれるな？　そのほうが賢明だ。さて、署に向かう前に、ほら、おまえに渡しておくよう頼まれた手紙だ。ここのショーウィンドウのところで読むといい。ウェルズ巡査からだ」

西部から来た男は、手渡された小さな紙切れを開いた。読み始めたときには何ともなかった手が、読み終える頃には小さく震えていた。手紙はごく短いものだった。

ボブへ

僕は時間通りに約束の場所へ行った。君がマッチを擦って葉巻に火をつけたとき、シカゴで指名手配されている顔だとわかった。自分にはとてもできそうになかったので、その辺をひと回りして出会った私服の同僚に、仕事を頼んだ。

ジミー

この作品が新聞に発表されたのは一九〇四年である。それから二十年前というと、一八八四年ということになるが、その頃、なにが起きていたのかというと、西部開拓だ。南北戦争が終わった一八六〇年代からそれははじまり、「若者よ、西へ行け」という掛け声に押されるようにして、多くの者が、とりわけ遅れてアメリカにやってきたヨーロッパからの移民たちが土地を求めて西部へ向かった。

「フロンティア（辺境）」という言葉がしきりに使われたのもこの頃で、多くの西部劇はこの時期を舞台にしている。

そして、一八九〇年、国勢調査の結果、西部にはもう入植できる土地はないことが判明し、フロンティアの消滅が宣言された。だから、ボブは、まだかろうじてフロンティアが残っているときに希望に満ちて西部に「一旗揚げに」出かけたものの、まもなくフロンティアが消滅してしまい、「カミソリみたいに機敏に生きる」術を学ぶことになった。その結果、「シルキー（ひとあたりがよくて口もうまい）」という仇名をいただく詐欺師かなにかに、いつしかなってしまったのだろう。

（青山南）

振り子

「八十一丁目――降りる方を先にお通しください」青い制服の羊飼いが叫んだ。

市民の羊の群れがわれ先にと這って出て、また別の群れがわれ先にと這って入った。カーン、カーン！　マンハッタン高架鉄道の家畜車両はガタゴトと走り去った。ジョン・パーキンズは解放された群れといっしょにふらふらと階段を降りた。

ジョンはゆっくりとアパートに向かった。というのも、彼の日々の生活の辞書には、「もしかすると」という言葉はないからだった。結婚して二年目のアパート住まいの男になど、なんのサプライズも待っていないのだ。ジョン・パーキンズは歩きながら、暗い、打ちひしがれた、シニカルな気分で、単調な一日がどう締めくくられるか、わかりきっていることを予想していた。

玄関で出迎えるケイティがするキスにはコールドクリームとバタースコッチの味がするだろう。自分はコートを脱ぎ、石を敷いたような長椅子に座り、夕刊をひろげて、ひどいライノタイプ印刷のロシア人と日本人の殺し合いの記事を読むだろう。夕食にはポットローストと、革製品に使っていただいてもひびや傷はできませんとの保証付きのドレッシングであえたサラダと、じっくり煮こんだルバーブと、化学物質無添加を謳うラベルの表示に赤面しているストロベリー風味のマーマレードの瓶が並んでいるだろう。夕食が終わると、ケイティは製作中のクレージーキルトに新しく縫い合わせた布切れを見せてくるだろうが、それは氷屋が自分のネクタイの端をわざわざ彼女のために切ってくれたものだろう。七時半になると、ふたりで家具に新聞紙をかぶせることになるが、それは天井から降ってくる漆喰の破片が散らばらないようにするためで、上の階で太った男がフィジカル・カルチャー*1の健康体操をどすんばたんと始めるからだ。八時ちょうどになると、廊下の向かいの部屋のヒッキー・アンド・ムーニーという（まるで売れてない）寄席芸人のコンビが穏やかな精神錯乱を起こして椅子をひっくり返しはじめるが、それは興業主のハマースタイン*2が週五百ドルで契約を結ぼうと追いかけてくるという妄想に取り憑かれてのことだ。そうこうするうち、通気口の向かいの窓辺では紳士がフルートを取りだすだろう。大通りでは夜ごとのガス灯がするするといきおいよく燃え始めるだろう。レストランの食器用エレベーターからはお盆がつぎつぎと滑り出てくるはずだ。そしてアパートの管理人はまたしてもザノウイスキー夫人の五人の子どもを鴨緑江《おうりょくこう》の向こうに追いやろうとし、シャンパン色の靴を履いてスカイテリアを連れたレディは階段をちょんちょんと降りてくると、木曜日にちなんだ自分の名前を呼び鈴と郵便受けに貼りつける——こうしてフロッグモア・アパートのいつもの夜は流れていく。

ジョン・パーキンズにはこのような展開が予測できた。さらに、八時十五分には自分を奮い立たせて帽子に手をかけるだろうことも、妻が不満げな声で言うであろう台詞も——

「あれ、どこにいらっしゃるつもり？　教えてちょうだいな、ジョン・パーキンズ」

「ちょっとマックロスキーのところへ顔を出そうと思ってな」と自分は答えるだろう、「仲間とビリヤードを二、三ゲームやってくるさ」と。

最近ではこんなようなことがジョン・パーキンズの習慣になっていたのだった。十時か十一時に帰宅する。ケイティは寝ていることもある。起きて待っていることもあるが、そういうときは怒りの坩堝《るつぼ》のなかで結婚生活という錬鋼の鎖から少しでも多く金メッキを溶かし出そうとしているのだ。こういうことについては、いずれ、愛の神たるキューピッドに、フロッグモア・アパートに住むその矢の犠牲者たちと審判の場に立つとき、弁明してもらわねばならないだろう。

その晩、ジョン・パーキンズがそんな日常の大変化に遭遇したのは玄関に着いたときだった。ケイティはいないし、愛と砂糖がいっぱいのキスもないのだ。三つの部屋は不吉なほど乱れている。彼女のものがそこらじゅうに散らばっている。靴は床の真ん中に脱ぎ捨てられ、ヘアアイロンと髪留めとキモノとおしろいの箱がドレッサーと椅子の上にごちゃごちゃにのっかっている――まったくケイティらしくない。気持ちが沈んだのは櫛が目に入ったときだ、歯に彼女の茶色い巻き毛がもわっと絡みついていた。ただごとではない緊急の不安に襲われたにちがいない、というのも、抜けた髪はいつもマントルピースの上の小さな青い花瓶のなかにていねいにしまっていたからだ、あこがれの女性らしい「かもじ」をいつかつくるために。

目立つようにガス灯の口に紐でつるされていたのは、折りたたまれた紙だった。ジョンはそれをひっつかんだ。妻からの走り書きのメモだった。

愛するジョンへ

たったいま電報がきて、お母さんの具合がとっても悪いらしい。四時半の汽車に乗ります。サム兄さんが駅まで迎えにきてくれることになってます。冷蔵庫に冷やした羊肉が入ってます。また扁桃炎がぶり返したんじゃないといいけど。牛乳屋に五十セント払ってください。お母さん、去年の春はひどいのにかかったから。業者にガスメーターについて手紙を書くのを忘れないで。洗った靴下は一番上の引き出しです。あした手紙書きます。

とりいそぎ
ケイティ

結婚して二年、ふたりは一度たりとも夜を別々に過ごしたことはなかった。ジョンは呆然としてメモを何度も読み返した。けっして変わることのなかった日常に亀裂が入ったのだ、途方に暮れた。

椅子の背もたれには、淋しげな抜け殻のようにだらりと、彼女がいつも食事のときに巻く赤地に黒い水玉模様の膝掛けがかかっていた。普段着が、慌てたのだろう、あちこちに投げ捨てられていた。好物のバタースコッチの入った小さな紙袋は封が開いたままだった。新聞が床にひろがっていて、四角にぽっかりとあいた穴は列車の時刻表が切り抜かれた跡だった。部屋のなかのありとあらゆるものが、喪失を、大切なものが消えたことを、魂と命が失踪してしまったことを告げていた。亡骸《なきがら》に囲まれて立ちつくしていると、心に奇妙な侘びしさを覚えた。

部屋をできるだけきれいにしようと片づけはじめた。彼女の衣類に触れると、恐怖にも似た戦慄が体を駈け抜けた。ケイティのいない状態など考えたこともなかったのだ。彼女は彼の生活にすっかり溶けこんでいて、空気のようなものになっていた——必要だがほとんど気に留めることのないものに。それがいま、なんの前ぶれもなく、消えた、いなくなった、もとから存在していなかったかのように、完全に見えなくなった。もちろん、ほんの二、三日、長くても一、二週間のことだろうが、しかし、死の手が平穏無事の家庭に指を伸ばしてきたように思えた。

冷蔵庫から冷えた羊の肉を引っ張り出すと、コーヒーを淹れ、ひとりきりの食卓につき、ストロベリー風味マーマレードの化学物質無添加を主張するあつかましいラベルと向き合った。幸福が消え去ってしまったいま、ポットローストと革磨きドレッシングのサラダの亡霊がきらきらと光るように思えた。我が家は崩壊した。扁桃炎を患った義理の母が家庭の守護神を天空の彼方へ追いやってしまったのだ。ジョンは、孤独な食事を済ますと、通りに面した窓辺に座った。

タバコを吸う気にはなれなかった。外では、浮かれ騒ぎの踊りにおいでとばかりに街が吼《ほ》えたてていた。夜は彼次第だった。なにも訊かれずに出て行って、陽気な独身の男たちと同じように自由に祝祭の弦をかき鳴らすこともできた。大酒を飲んでほっつき歩き、夜明けまで羽目を外すこともできた。歓楽の残滓《ざんし》が入ったグラスを持ちかえっても、怒りに燃えるケイティが待ち構えているということもない。夜明けの女神オーロラに電球の光がかすんでしまうまで、マックロスキーで飲み仲間とビリヤードに興じることもできる。これまでは結婚という紐が、フロッグモア・アパートにうんざりしてくるといつも、彼を縛りつけていたものだが、それがゆるんだ。ケイティがいないのだから。

　ジョン・パーキンズは、自分の感情と向き合うことに慣れていなかった。だが、ケイティのいない十×十二フィート（およそ七畳）の居間に腰を下ろしているうちに、この落ち着かなさのポイントをはっきりつかまえた。自分の幸せにはケイティが不可欠なのだと気がついた。彼女への思いが、退屈な日常の連続でこれまでは意識の下に沈んでしまっていたが、彼女の姿が消えたことでいっきに浮上してきていた。ことわざや説教や寓話でさんざん言われてきたことではなかったか？　美しい声の鳥が飛び去ってはじめてその歌声のすばらしさに気づくのだ、と――あるいは、もっと華麗で真実をついた金言にもそんなものはなかったか？

「俺はバカのなかの大バカだ」ジョン・パーキンズは考えていた。「ケイティになんてことをしてきたことか。毎晩ビリヤードに出かけては野郎どもと飲んだくれ、いっしょに家にいてやろうともしなかったのだから。かわいそうにも彼女はここになんの楽しみもなくひとり取り残され、そして俺はあんなふうに振る舞っていた！　ジョン・パーキンズ、おまえは最低の男だ。これからは埋め合わせをするんだ。外に連れ出して、おもしろいものをいっぱい見せてやろう。マックロスキーの野郎どもとはこれっきり縁を切るんだ」

そう、外では街が、嘲りの神モモスといっしょに踊ろうとパーキンズにむかって吼えていた。マックロスキーでは、野郎どもが夜ごとのゲームに備えてのらくらと球を突いていた。しかし、歓楽の道も、コツンと響くキューの音も、喪失をかかえた男パーキンズの悔悟に満ちた魂を誘惑することはできなかった。自分のものだったもの、いいかげんに保持して半ば軽蔑していたものが奪われたいま、彼はそれを取り戻したかった。はるか昔の、アダムとかいう男にまで、智天使《ケルビム》によって楽園から追放された男のところにまで、悔悟するパーキンズは家系をたどってさかのぼることさえできた。

彼の右側に椅子があった。その背にはケイティの青いブラウスがかかっていた。それには彼女の体のかたちがいくらか残っていた。両袖のなかほどには細かなくっきりとした皺があったが、それは彼にくつろぎと喜びを与えようと働いていた彼女の腕がつくりだしたものだ。ほのかだが、胸を突くブルーベルの花の香りがそこから漂ってくる。ジョンはそれを手に取り、なにひとつ反応しないグレナディンのブラウスをしばらくまじまじとながめた。ケイティが反応しないということは一度だってなかった。涙が——そう、涙が——ジョン・パーキンズの目に浮かんだ。彼女が戻ったら、すべてを変えよう。いままでないがしろにしてきたことの埋め合わせをしよう。彼女のいない人生など、なんの意味がある？

ドアが開いた。ケイティが小さな手提げ鞄をさげて入ってきた。ジョンは呆けた顔で彼女を見つめた。

「ああ、帰ってこられてよかった」ケイティが言った。「お母さんはたいしたことなかったの。サム兄さんが駅で待っててくれたんだけど、ちょっとした発作を起こしただけで、電報を打ったあとすぐよくなったって言うのよ。だから次の列車で戻ってきた。いまはとにかくコーヒーが飲みたくてたまらない」

誰の耳にも聞こえなかったが、歯車がカチリとはまってガタガタという音をだし、フロッグモア・アパートの三階正面の機械装置がうなりをあげて秩序を取り戻した。ベルトがまわり、バネが弾み、ギアが嚙み合い、車輪が元の軌道を回りはじめた。

ジョン・パーキンズは時計を見た。八時十五分。帽子を取ると、玄関に向かった。

「あれ、どこにいらっしゃるつもり？　教えてちょうだいな、ジョン・パーキンズ」ケイティが不満そうに訊いた。

「ちょっとマックロスキーのところへ顔を出そうと思ってな」とジョンは答えた、「仲間とビリヤードを二、三ゲームやってくるさ」

＊1　健康に問題を抱えるひとが増えたことから、一八九九年、健康雑誌「フィジカル・カルチャー」が創刊され、誌名がフィットネス体操の代名詞となった。

＊2　十九世紀末から二十世紀初めにかけて多くの劇場経営に携わったオスカー・ハマースタイン。

冒頭に登場するマンハッタン高架鉄道は、一八六八年に最初の路線（九番街線）が開通し、やがて二番街線、三番街線、六番街線もつくられ、この作品の時代には四本の路線がマンハッタンを走っていた。この作品では八十一丁目駅が舞台になっているので、これは九番街線である。どの路線も乗客は多く、とくに朝の出勤時、夕方の退社時は大混雑で、まさに「家畜列車」。そんな大混雑の時間をあらわす新語として一八九〇年に生まれた言葉が、「rush hour（ラッシュアワー）」である。地下鉄の最初の路線が開通するのは一九〇四年で、これらの高架鉄道は一九二〇年代から徐々に廃止されていくことになる。

ジョン・パーキンズの読む新聞には「ロシア人と日本人の殺し合いの記事」が載っているが、これは一九〇四年から一九〇五年にかけておこなわれていた日露戦争のことで、だから「鴨緑江」なる地名も出てくる。黄色人種が白色人種を支配することになるのではないかという黄禍論が欧米で台頭していたこともあって、この戦争へのアメリカのジャーナリズムの関心は強く、人気作家だったジャック・ロンドンも新聞の特派員として日本に、それから朝鮮半島に入っていた。

また、一九〇六年には「純正食品および薬品法」なる食品添加物を規制する法律がつくられ、正しいラベル表示が義務づけられた。それまではいい加減な表示がされていていろいろ問題になっていたということだろう。作品の始めあたりに「革製品に使っていただいてもひびや傷はできませんとの保証付きのドレッシング」とか「化学物質無添加を謳うラベルの表示に赤面しているストロベリー風味のマーマレード」といった滑稽な表現があらわれる所以である。

ちなみに、この作品ではいっさい言及はないが、八十一丁目駅のすぐ近くには、当時すでに自然史博物館が建っていた。

（菅野楽章）

9番街線の110丁目の急カーヴは「自殺カーヴ」と呼ばれていた

春のアラカルト

三月のある日のことだった。

だめだめ、こんなふうに物語を書きはじめちゃ。これほどひどい書き出しもありません。独創性がなく、平板で、味気なく、どうにもくだらない。けれど今回に限っては、しかたないんです。というのも、この次にくる文章、物語の幕を切って落とすべき文章が、あまりに突飛で不条理で、心の準備のない読者にはとてもお見せできるようなものではないんですから。

サラはメニューを見ながら泣いていた。

いいですか、ニューヨークの娘がメニューの上に涙をこぼしているんですよ！

どうしてなのか、についてはいくつか推測が可能でありましょう。ロブスターが売り切れていたからとか、レント[*1]の期間アイスクリームを食べないと誓ったからとか、はたまたタマネギが出てきたからとか、いやいや、ハケット[*2]の昼公演をちょうど観て来たところだったんだとか。ほどなくこれらの推測は全て間違っていることが明らかになります、ひとまず話を進めさせて頂きます。

世界は牡蠣のようなもの、この剣でこじ開けわがものにしてみせよう、とのたまった男[*3]が不相応なほどの人気を博したことがあります。牡蠣を剣でこじ開けるのなんて難しくありません。しかし、考えてみたことはありますか、社会という二枚貝をタイプライターでこじ開けようとする者がいるかもしれないということを？　みなさんは待っていられますか、そんなやりかたで生牡蠣が一ダース開けられるのを？

サラは、そんな使いづらい武器でなんとか牡蠣をこじ開け、なかの冷たくてぬるぬるとした世間をほんの少々かじりはじめたところだった。彼女は速記はあまりできなかった。そこいらのビジネススクールが世間に放り出してくるような速記講座の卒業生程度の力しかなかった。だから速記者にはなれず、輝くオフィスの星になることもできなかった。フリーランスのタイピストになり、雑多な清書の仕事を取って回っていた。

世間との戦いでサラが果たした最大にして最高の偉業はシュレンバーグ・ホーム・レストランとの契約だった。レストランは彼女が下宿している古い赤レンガの隣りにあった。ある晩、シュレンバーグの五品四十セントのコースを食べたあと（カーニバルで板に描かれた黒人の口めがけて球を五つ投げるときのようにつぎつぎ出てきた）、サラはメニューを持ち帰った。それは英語ともドイツ語ともつかないよくわからない字で書かれており、配列も乱雑で、注意深く見なければ爪楊枝とライスプディングから食事を開始して、スープと曜日で締めるようなことにもなりかねなかった。

つぎの日サラがシュレンバーグに見せたこぎれいな紙には、メニューが美しくタイプライターで清書されていて、魅力的にならんだメニューは正しく適切な見出しのもとにおさまっていた、「前菜」から「コートや傘の忘れ物には責任を負いかねます」にいたるまで。

シュレンバーグがアメリカにしっかり帰化したのはそのときだ。サラは店を立ち去るまでに、すっかり彼を快く契約する気にさせてしまったのである。レストランの二十一のテーブルのメニューを清書することになった――ディナーは毎日新しいものを、朝食とランチは料理に変更があったときときれいなものが必要になったときに。

報酬としてシュレンバーグは一日三食をサラの部屋まで従業員――できれば気が利く者――に届けさせ、午後には、翌日のシュレンバーグのお客が何を食べる運命になるか書かれた鉛筆書きの草稿を持っていくことになった。

両者にとって満足のゆく契約であった。シュレンバーグの常連も、自分たちの口にしている食事が何であるかがようやくわかるようになった。ときに料理そのものに困惑してしまうことがあったとはいえだ。サラとしても寒くて気が滅入るような冬に食事にありつけるのは、何よりありがたいことだった。

　やがて嘘つきの暦が、春が来たと告げた。春は、やって来たときがほんとうの春なのに。一月に積もった雪は頑として街中に残っていた。手回しオルガンはいまだに「イン・ザ・グッド・オールド・サマータイム」*4を十二月的な熱気で演奏していた。イースター用のドレスを買うために三十日後払いで前借りをする者はいた。ビルの管理人たちもスチームヒーターは切った。しかし、そんなようなことが始まってもなお、街はまだ冬の手中にあるとひとが感じることもあるのだ。

　ある午後サラは、「日当り良好、ちり一つないほど清潔、利便性良し、おすすめ物件」という下宿先の優雅な寝室で寒さに震えていた。メニューを清書するほかに仕事はなかった。サラはきしむ柳の揺り椅子に腰掛け、窓の外を眺めていた。壁にかかったカレンダーがしきりにサラに叫びかけていた。「春が来たぞ、サラ――春だ、なあ。見ろよサラ、俺の日付《フィギュア》をさ。君もさっぱりした姿《フィギュア》じゃないか、サラ――感じのいい春の姿《フィギュア》じゃないか、どうしてそんな悲しそうに外を眺めてるんだ?」

　サラの部屋は建物の裏側にあった。窓から外を眺めても、見えるのは隣の通りにある製函工場の窓のないレンガの壁だった。しかし壁はクリスタルのように眩しくて、サラの目に見えていたのは桜とニレの木に覆われた草の茂った小径と、それを縁取るラズベリーやバラだった。

ほんとうの春の前ぶれは、目や耳ではなかなか捉えづらい。クロッカスの花やハナミズキのかがやきやツグミのさえずりをきちんと認識しなければ、それどころか、消えていくそばの実や牡蠣と別れの握手をすまさなければ、じぶんの鈍感な胸に「新緑のレディ」を迎え入れることができないというひともいる。しかし、大地にこよなく愛されている子どもたちには、大地の新しい花嫁からまっすぐにやさしいメッセージが届いて、だいじょうぶよ、継子あつかいはしないから、あなたがいやでなければ、と語りかけてくるものだ。

去年の夏サラは田舎へ行き農夫と恋に落ちていた。

(物語を書くときは、こんな風に話を遡るべきではありません。これは悪しき手法で、興が削がれてしまいます。でもまあ、先へ進みましょう)

サラはサニーブルック農場に二週間滞在した。そこで父フランクリンの後を継いだウォルターと出会って恋を知った。農夫たちというのは恋をして結婚して農作業にもどるのにそんなに時間をかけないのが普通である。しかし、若きウォルター・フランクリンはモダンな農業青年だった。牛舎にも電話を引いていたし、翌年のカナダの小麦の収穫量が新月に植えたじゃがいもに与える影響も正確に計算できた。

木陰の、ラズベリーに縁取られた小径で、ウォルターは求婚し、サラを得た。二人は一緒に腰をおろして、サラの髪に合うタンポポの冠を編んだ。黄色の花が茶色の髪にすごく映えると彼が褒めちぎったので、サラはその冠を頭にのせたまま、ストローハットを手に振りまわしながら家路に着いた。

結婚するのは春になった——春の最初のしるしが来たらね、とウォルターは言ったのだ。そこでサラは街へ戻って、またタイプライターを打ちはじめた。

ドアをノックする音が、その幸せな日を夢見るサラの想いを吹き飛ばした。ウェイターが、老シュレンバーグの角張った字で書かれた翌日のメニューの原稿を持ってきたのだ。

サラはタイプライターの前にすわってカードをローラーに挟みこんだ。彼女の仕事は早い。たいていは一時間半で二十一枚のメニューカードの清書は仕上がる。

この日はいつもよりメニューの変更が多かった。スープはあっさりしたものになり、豚肉はアントレから外され、ロースト料理の一品としてロシア蕪を添えたものだけになっていた。穏やかな春の陽気がメニュー全体に広がっていた。ついこの間まで緑の丘を跳ねまわっていた子羊は、その元気を讃えるケッパー《ケッパー》・ソースにからめて食い物にされようとしていた。牡蠣の歌声は、途絶えてこそいなかったが、ディミヌエンド《あいをこめて》・コン・アモーレ《だんだんよわく》になっていた。フライパンはオーブンのやさしい檻のなかにしまわれて、じっと動かなくなったようだった。パイのリストは膨らんでいた。濃厚なプディングは姿を消していた。ソーセージは衣に身をくるみ、そば粉のパンケーキと甘いがすでに運の尽きたメープルシロップとともに、心地よさげに死の淵をさまよっていた。

　サラの指は夏の小川で跳ねる小人のように踊った。メニューを下りながら、それぞれの品を適切な場所に、正確な目で長さを測って配置していった。デザートの前には野菜のリストが並んだ。ニンジンとエンドウ豆、トーストにのせたアスパラガス、トマトとコーンの入ったサコタッシュ、ライマメ、キャベツ、それから――

　サラはメニューを見ながら泣いていた。神々しい絶望の淵から涙が胸にこみあげ、瞳に集まった。タイプライターを置いた机に突っ伏した。キーボードがカタッと乾いた音を出して、湿ったむせび声に伴奏をつけた。

　というのも、ここ二週間ウォルターからの手紙は届いていないのに、メニューのつぎの項がタンポポだったのだ――タンポポと卵の料理――卵なんてどうでもいい！――タンポポ、その黄金色の花でウォルターは冠をつくり、愛の女神に、未来の花嫁にかぶせてくれた――タンポポ、春のしるし、悲しみの悲しい冠[*5]――いちばん幸せだった日々の思い出。

皆さん、笑っていられますか、もしもこのような試練を課せられたら。たとえば、あなたが真心を捧げた夜にパーシーがくれたマレシャル・ニール種のバラがフレンチドレッシングをかけられてシュレンバーグの定食にサラダとして目の前にだされたら？　ジュリエットも、もし愛の証が汚されたら、ただちにあの薬屋に忘却のハーブをもらいにいったことでしょう。

それにしても、なんてすごい魔女なのでしょう、春というのは！　石と鉄の冷たい大都会へメッセージを届けてきたのですから。運んできたのは、ほかならぬ、ぎざぎざの緑色のコートを着た、穏やかな雰囲気をただよわす、小さくて頑丈な野原の使者。まさに真の運命の騎士です。ダン・ドゥ・リオン（dent de lion）――フランス人のシェフに言わせれば、ライオンの歯は、花咲けば恋愛に手を貸して、乙女の亜麻色の髪に飾られます。青く未熟でまだ花が咲く前は、煮えたぎるポットの中に飛び込んで、地を統べる春の女王の言葉を伝えます。

少しずつサラは涙を押し戻した。メニューを仕上げなければいけない。しかし、まだタンポポの夢から発せられるほのかな黄金の光のなかにいて、しばしうつろにタイプライターのキーを叩いていた、若い農夫といっしょだった農場の小径を心はさまよっていた。しかしまもなくマンハッタンの石に閉ざされた道に戻り、タイプライターはカタカタと跳びはねはじめた、スト破りの自動車のように。

六時に夕食を持ってきたウェイターが、清書されたメニューを持って帰った。食べるときサラは、ため息とともに、冠のように卵がのったタンポポの料理を脇にのけた。この黒い塊が明るい愛の証であった花から醜い野菜へと変わり果てた姿であるように、彼女の夏の希望もしぼんで消えたのだ。愛は愛を養分にする、とシェイクスピアは言った。しかしサラにはタンポポを食べることはどうしてもできなかった、初めての心からの真実の恋の宴を彩ってくれたものなのだから。

七時半になると、隣の部屋でカップルが喧嘩を始めた。上の部屋の男はフルートでAの音を探してチューニングにはいった。ガスの勢いが弱まり、石炭を運ぶ荷馬車が三台荷をおろした――その音には蓄音機も嫉妬するほどだった。裏のフェンスの上にいたネコたちがロシア軍が奉天へ退却するように消えていった。これらの合図に、サラは読書の時刻だと気づいた。『僧院と家庭』[*6]を取りだした、今月最も売れなかった本だ、トランクの上に足を乗せるとジェラードとの旅に出かけた。

玄関のベルが鳴った。家主の女主人が出た。サラは、熊に追い詰められて木に登ったジェラードとデニーズにはかまわず、耳をすませた。そりゃそうでしょう、あなただってそうするでしょう、彼女とおなじように！

まもなく力強い声が階下の玄関からした、サラはドアに跳びついた。本は床に投げ出した、第一ラウンドはあっさりと熊が勝った。

もうおわかりでしょう。サラが階段にたどり着くと、三段とばしで駆け上がってきたのは愛しの農夫だった、サラを刈り取り収穫して、穂ひとつ落とすまいという勢いだった。

「どうして今まで何の知らせも——ねえ、どうして？」サラは泣いていた。

「ニューヨークはとんでもなくでかいんだ」とウォルター・フランクリン。「先週君の昔の住所を訪ねた。どこかへ越したのが木曜だとわかった。それで少しは安心した。金曜じゃ縁起が悪いからね。でも、それでもあきらめず探した、警察に行ったりいろいろやって！」

「手紙書いたのよ！」サラは激しい口調で言った。

「届いてない！」

「じゃあ、どうやってここに？」

若き農夫は春の笑みを浮かべた。

「夕方、隣のホーム・レストランに寄ったんだ」彼は言った。「どうでもいいことだけど、僕はこの時期の青野菜の料理が好きでね。きれいな、タイプされたメニューに目を通してそのてのものがなにかないか探したんだ。キャベツの下にきたところで椅子をひっくり返して大声で支配人を呼んだ。そしたら君の住んでるところを教えてくれたんだよ」

「覚えてるわ」サラは幸せそうにため息をついた。「タンポポだった、キャベツの下は」

「僕にはわかるんだよ。あの大文字の、ひん曲がって行の上にはみ出した「W」が、君のタイプライターで打たれたものだって。世界中どこにいてもね」フランクリンは言った。

「どうして、タンポポ（dandelion）にWはない」サラは言った、驚いていた。

若者はポケットからすっとメニューを取り出すと、ある一行を指差した。

サラにはそれが午後に最初にタイプしたメニューだとわかった。いまも花のようなかたちをした染みが右手上、涙のこぼれたところにあった。ところが、その牧草地の植物の名前があるべき箇所に、ふたりの黄金の花の、頭から離れない思い出が指におかしなキーを叩かせていた。

赤キャベツと肉詰めピーマンのあいだにはこんな品が載っていたのである。

「大切なウォルター《DEAREST WALTER》、固ゆで卵添え」

＊1　キリスト教の四旬節。復活祭四十六日前の「灰の水曜日」から復活祭前日の「聖土曜日」までの、日曜を除く四十日間を指す。期間中は、食事の節制をする慣習がある。
＊2　ジェームズ・ケテルタス・ハケット。ハンサムで『ロミオとジュリエット』でロミオを演じたりもして、アイドル的な人気もあった。
＊3　シェイクスピアの『ウィンザーの陽気な女房たち』に登場するピストルのこと。この台詞は英語圏で、“The world is your oyster”という慣用句として親しまれるようになった。世界を思いのままにするの意。
＊4　一九〇二年にアメリカで発表され、この時代屈指のヒット曲となった、夏の素晴らしさを讃える歌。
＊5　「悲しみの悲しい冠」は、アルフレッド・テニスンの詩「ロックスリー・ホール」の一節。
＊6　一八六一年に発表されたチャールズ・リードの小説。主人公がジェラードとマーガレットである。

サラは、速記があまりできなかったのでフリーランスのタイピストになってレストランのメニューの清書に精をだしているが、速記ができてタイプが打てたら、まさに「輝くオフィスの星」になっていただろう。なにしろ、速記(つまり聞き取り)とタイプの両方ができること、つまり速記者兼タイピストが当時のオフィスでいちばん求められていて、女性のあいだでは人気の新しい職業のひとつでもあったのだから。

ドナルド・ホークの論文「女性とタイプライター」によれば、足踏み式のミシンみたいな大きなタイプライターが登場したのは一八七〇年代。その後どんどん改良されて小型になり、ビジネスの世界でつかわれるようになると、十九世紀末にはオフィスの必需品となり、速記者兼タイピストを養成するビジネススクールも続々できた。男性の速記者兼タイピストもいたが、女性のほうが比較的安く雇えるということで、女性の占める割合が大きくなっていった。もっとも、安いとはいっても、家政婦や工場労働といった当時一般的だった女性の職業と比べれば、はるかに高かった。十九世紀末の時点で、ニューヨークあたりの相場では、家政婦なら上限が週給五ドル程度、工場労働だと上限は週給八ドル程度なのにたいし、速記者兼タイピストは上限は十五ドル程度だったのである。

　サラは、清書の仕事だけをしていたので、週給制ではなく、出来高払いだったろう。そして冬の気配がまだ残っている三月、仕事はメニューの清書だけになる。食事の心配こそないが、家賃はあるはず。きっと貯金を取り崩しての生活だ。タイプライターで牡蠣をこじ開けるのは楽ではなかった。

（青山南）

天窓の部屋

最初にミセス・パーカーが案内してくれるのは、客間が二つある部屋だろう。こちらが口を挟む気もなくなるほどの勢いで、部屋がいかに優れているか、八年間そこを使っていた紳士がどんなに立派だったか、とうとう口上をならべるだろう。そこでおずおずと、自分が医者でも歯医者でもないことを告白することになるが、告白を聞くミセス・パーカーの態度を見ているうち、両親にたいしてこれまでとは同じ気持ちが持てなくなってくる、ミセス・パーカーの客間のある部屋にふさわしい職に就けるよう育ててくれなかったのだから。

つぎは階段をひとつ上がり、二階奥の八ドルの部屋を見ることになる。ミセス・パーカーの、今度は二階用の口上に押されて、部屋は十二ドルの価値があるようにも思えてくる。ミスター・トゥーセンベリーはずっとその額を払っていたというのだ。いまはお兄さんのオレンジ農園を引き継ぐためにフロリダのパームビーチへ行ってしまいましたがね、あそこにはマッキンタイヤー夫人も毎冬お出かけになるのよ、居間が二つもあってそれぞれ専用の浴室までついているんですって。そのあたりでこっちは、おそるおそる、じつはもっと安いところがいいんですがなどとぼそぼそつぶやくことになる。

ミセス・パーカーの嘲笑的まなざしをかいくぐれたなら、つぎは三階にあるミスター・スキッダーの大広間へと案内されるだろう。ミスター・スキッダーの部屋は空き部屋ではない。彼はそこで舞台の脚本を書き、タバコを吸って終日過ごしている。しかし部屋探しに来た者は残らずこの部屋に連れてこられ、豪勢な窓の縁飾りを鑑賞させられることになっているのだ。そしてミスター・スキッダーは、そんな訪問があった後はかならず、立ち退かされるのかもと不安になって、なにがしか家賃に上乗せして支払うことになる。

それでもなお――ああ、それでもなお――まだへこたれず、熱い手で湿った三ドルをポケットに握りしめながら、かすれ声で、おのれのおぞましく憎むべき貧困を訴えようとすると、ミセス・パーカーはきっぱりと案内役をおりてしまう。怒鳴るように「クララ」なる言葉を叫ぶと、背を向けてつかつかと階段を下りて行く。そしてそこからはクララという黒人のメイドが、カーペットをかぶせた段梯子から四階に誘導し、「天窓のある部屋」に案内する。広間のようなところの真ん中にあって、床の広さは七×八フィート（三畳半《およそ》）。両側は薄暗いガラクタ入れか物置だ。

そこにあるのは、鉄の簡易ベッド、洗面台、椅子。棚が化粧台だ。四面のむき出しの壁が棺桶の板みたいに迫ってくる。つい喉に手が行き、溜め息をつきながら見上げると井戸の中にいるようで――もういちど息をつく。小さな天窓のガラスの向こうに、四角く青い無限が見える。

「二ドルですよ」クララは軽蔑をこめた、どこか誇り高い黒人の口調で言う。

ある日、ミス・リースンが部屋を探しにやって来た。大柄な女性でも持ち運ぶのに苦労しそうなタイプライターを持参していた。非常に小柄な女性だが、目と髪だけは身長が止まったあともなお元気に育ちつづけていて、「あらあら！　なんであんたもいっしょに大きくならなかったの？」とでも言っているように見えた。

ミセス・パーカーは客間が二つある部屋を見せた。「このクローゼットには」と彼女は言った、「何でもしまえますわよ、骸骨も麻酔薬も石炭も――」

「でも私、お医者でも歯医者でもありません」ミス・リースンは身を縮めながら言った。

ミセス・パーカーは、医者にも歯医者にもなれなかった人々のためにとってある、信じられないという、憐れむような、嘲笑うような、冷たい睨《にら》みをきかせてから、二階奥の部屋へと案内した。

「八ドル？」ミス・リースンは言った。「そんな！　私は[*1]ヘティ・グリーンじゃないんです、みかけはうぶ《グリーン》ですけど。貧しいしがないワーキング・ガールです。もっと上の、もっと下の値段のを見せてください」

　ミスター・スキッダーはノックの音にびっくりして跳びあがり、床にタバコの吸い殻をばらまいてしまった。

「失礼するわね、スキッダーさん」青ざめた顔のミスター・スキッダーに、ミセス・パーカーは悪魔のような笑みをうかべて言った。「いらっしゃるとは思いませんでした。この方にここの窓の縁飾りをお見せするところでしたの」

「これほど美しいものに釣り合うものはないでしょうね」ミス・リースンはそう言ってにっこりしたが、その笑みはまさに天使のようだった。

　ミスター・スキッダーは、ふたりがいなくなると、急にあわてだし、背の高い黒髪のヒロインを自分の新作の（上演されるめどもたってない）脚本から消して、小柄でかわいらしい、たっぷりした明るい髪の元気なヒロインに書きかえた。

「[*2]アンナ・ヘルドが飛びつくぞ」ミスター・スキッダーはつぶやき、窓の縁飾りのほうに足を投げ出した。煙草の煙の雲につつまれた姿は空飛ぶカミナリイカのようだった。

やがて「クララ！」という警報のような呼び声が鳴り響き、全世界にミス・リースンの財布事情を知らしめた。黒い肌の鬼が彼女をひっつかまえて黄泉への階段をのぼり、天辺のわずかに光がちらつくだけの空間に押しやると、脅すような秘教めいた言葉をつぶやいた、「二ドルですよ！」

「ここにします！」ミス・リースンはホッとため息をつくと、キーキー鳴る鉄のベッドに倒れ込んだ。

毎日ミス・リースンは仕事へ出かけた。夜になると手書き文字の書き込まれた紙の束を持って帰ってきて、タイプライターで清書をした。ときどき仕事のない夜があると、玄関口の長い階段にほかの下宿人たちといっしょにすわった。この世に生を受けたときは、天窓しかない部屋に閉じこもるような運命をミス・リースンは授かったのではなかった。朗らかで、やさしい、奇抜な空想力をいっぱい持っていた。いちどは、ミスター・スキッダーが彼の傑作の（未刊の）コメディー『冗談じゃない、あるいは、地下鉄の相続人』の三幕劇を朗読するのを聞いてやったりもした。

男性の下宿人たちは、ミス・リースンが一、二時間階段にいっしょにすわってくれているときはいつもご機嫌だった。でも、ミス・ロングネッカーという、公立校で教えている背の高いブロンドの女性は、なにを言っても「あら、そう！」と返してくるだけで、一番上の段にすわってふんと鼻を鳴らしていた。それから、ミス・ドーンという、日曜日にはいつもコニー・アイランドの遊園地の射的でアヒルを撃っているデパート勤めの女性も、一番下の段にすわってこれまたふんと鼻を鳴らしていた。ミス・リースンが真ん中の段にすわると、男たちはすぐさま取り囲んだ。

とくにミスター・スキッダー。彼は内心ひそかに実生活における自分のロマンティックな（口には出さない）ドラマのスターに彼女をキャスティングしていた。それからとくにミスター・フーバー。彼は四十五歳で、肥満体で顔の赤い愚者だった。そしてとくにすこぶる若いミスター・エバンス。彼は、せっせと空咳をしては、煙草はやめなさいと彼女が言ってくれるのを待っていた。男たちは彼女を「最高に楽しくって可愛らしい」と持ちあげたが、上の段と下の段のほうのふんという鼻音はおさまることがなかった。

ここでいったん話を中断することをお許しいただいて、コーラス隊に前に出ていただき、ミスター・フーバーの肥満体にささげる涙の挽歌を歌っていただきましょうか。管楽器に合わせ、脂肪の悲劇[*3]を、巨漢の苦難を、肥満の不幸を奏でてもらいましょう。もしも競いあえば、太ったフォルスタッフのほうがトン級のロマンスを生み、ロミオの貧弱な胸が生むグラム級のロマンスをはるかにしのぐかもしれません。でも、恋に落ちた者は、ため息こそついても息切れしてはいけないのです。太った男たちは女神[*4]モモスの前に引きずりだされるしかないんです。五十二インチ（一三二センチ）のベルトの上では、どんなに誠実な心といえど、その脈動は空しいのです。退散せよ、フーバー！　フーバー、四十五歳の、赤ら顔の愚者は、あのヘレネ[*5]をも奪おうとするかもしれないが、フーバー、四十五歳の、赤ら顔の愚者のデブは破滅の餌食になるだけだ。きみにチャンスはないよ、フーバー。

　ミセス・パーカーの下宿人たちがそんなふうにいつものようにすわっていた夏の夜、ミス・リースンが天空を見上げ、小さく明るく笑って叫んだ。

「まあ、ビリー・ジャクソンだわ！　ここからも見えるんだ」

　全員が上を見た――高層ビルの窓を見る者、ジャクソンなる人物が操縦する飛行船を探す者。

「あの星よ」ミス・リースンは言って、小さな指で指した。「またたいている大きいのじゃなくて、近くで青く静かに光っているほう。天窓から毎晩見える。ビリー・ジャクソンって名前をつけたの」

「あら、そう！」ミス・ロングネッカーが言った。「知らなかった、あなた、天文学者だったんだ」

「そうよ」小柄な星の観察者は言った。「火星で来年の秋にどんな袖の服が流行るかもわかるわ」

「あら、そう！」ミス・ロングネッカーは言った。「あなたが言ってる星はガンマよ、カシオペア座の。二等星にほど近い明るさで、子午線通過は――」

「いやいや」すこぶる若いミスター・エバンスがさえぎった。「ビリー・ジャクソンのほうがずっといい名前だと思うなあ」

「賛成だ、賛成」ミスター・フーバーが言い、息づかいも荒くミス・ロングネッカーに嚙みついた。「ミス・リースンにも星に名前をつける権利があると思う、昔の占星術師たち同様に」

「あら、そう！」ミス・ロングネッカーは言った。

「あれって流れ星《シューティングスター》かな」ミス・ドーンが言った。「あたしさ、日曜にコニーの射的で弾十発でアヒル九羽とウサギ一羽を撃《シュート》ったの」

「ここからだとちゃんと姿を見せてくれないわね」ミス・リースンは言った。「部屋から見たほうがいいみたい。井戸の底からなら昼間でも星が見えるでしょ。夜になると私の部屋は炭鉱の縦坑みたいになるから、ビリー・ジャクソンが大きなダイヤの留めピンみたいに見えるの、夜が羽織るキモノの留めピンみたいに」

そんなことがあってから、ミス・リースンがタイプするための分厚い書類を持って帰ってこない日があった。朝に出かけていっても、仕事にではなく、オフィスを転々とまわって歩いては横柄なオフィスの男たちの冷たい拒絶に心が沈む日があった。それがつづいた。

そしてある晩のこと、ミセス・パーカーの家の玄関の前の階段を彼女は疲れ切ってのぼっていた。いつもならレストランで夕食を済ませている時間だったが、夕食は済ませていなかった。

玄関に入るとミスター・フーバーがいて、チャンスに飛びついてきた。結婚してほしいと言い、肥満の体が雪崩のように立ちはだかった。彼女は横に回って手すりにつかまった。手をつかまえようとしてきたので、手をあげて彼の顔を力なく打った。そして一歩一歩、自分を引きずりあげるように手すりにつかまりながら階段をあがった。ミスター・スキッダーの部屋の前を通り過ぎた時、その部屋では彼が（上演予定もない）コメディーのマートル・デローム（ミス・リースン）へのト書きに赤字を入れていて、「ピルエットで舞台の下手から伯爵の隣に移動」と書き変えていた。カーペットを敷いた段梯子をやっとの思いで這いあがると、天窓の部屋のドアを開けた。体がへとへとで、ランプに火を点けることも着替えることもできなかった。鉄のベッドに倒れこんでも、細くなった体に古びたスプリングはほとんどへこまなかった。冥界のような暗黒の部屋で、彼女はゆっくりと重い瞼を開け、ほほ笑んだ。

というのも、ビリー・ジャクソンが静かに、明るく、着実に、天窓の向こうから照らしてくれているからだった。あたりにはもう世界はなかった。暗黒の淵へと沈んでいた。小さな四角の淡い光が、彼女が奇抜にも、そして、ああ、空しくも名付けた星のまわりで輝いているだけだった。ミス・ロングネッカーが正しかったにちがいない。あれはガンマ、カシオペア座の星で、ビリー・ジャクソンではないのだ。しかし、彼女はどうしてもそれをガンマにしたくはなかった。

仰向けに横たわったまま、二度、腕を持ち上げようとした。三度目で、細い二本の指が唇にとどき、暗黒の淵からビリー・ジャクソンへキスを投げた。腕はぐにゃりと落ちた。

「さようなら、ビリー」かすかにつぶやいた。「何百万マイルも離れたところにいて、いちどもまたたいてくれなかった。でも、ずっとそこにいてくれたのよね、暗闇以外になにも見えない時でも……何百万マイルも先で……さようなら、ビリー・ジャクソン」

黒人のメイドのクララが部屋に鍵がかかったままであることに気づいたのは翌日の朝十時で、みんなでドアを押しあけた。酢をかけ、腕を叩き、焦がした羽を嗅がせたが、どれも効果がなく、だれかが救急車を呼んだ。

やがて、ゴングをじゃんじゃん鳴らした救急車が横付けされて、有能な若い医師が白衣に身を包み、準備万端、元気よく、自信満々、整った顔に晴れやかさと厳しさを半々にのぞかせて、階段のところに躍り出た。

「四十九番地から通報を受けました」彼は手短に言った。「どうしました?」

「ええ、ええ、先生」ミセス・パーカーは、この家で問題が起きたことのほうがよっぽど問題なのだとばかりに憮然として話した。「いったいどうしたのか、わからないんです。手は尽くしましたけれど、目を覚まさないいんですよ。若い女性なの、ミス・エルシー――そう、ミス・エルシー・リースン。こんなことはいままでこの私の家では――」

「どちらの部屋?」と叫んだ医師の凄みのある声に、ミセス・パーカーはあっけにとられた。

「天窓のある部屋です。そこの――」

あきらかに、その救急車の医者は天窓の部屋の位置を熟知していた。階段を四段とばしで駆け上がっていった。ミセス・パーカーはゆっくりと後を追った、いかにももったいぶって。

最初の踊り場にたどりついたところで、天文学者を両手に抱えて下りてくる医者に彼女はぶつかった。彼は立ちどまると、使いなれたメスのような鋭い言葉を吐いた、大声ではなかったが。へなへなとミセス・パーカーはへたりこんだ、釘にきっちり掛かっていた服がずり落ちたかのようだった。以来ずっと、その衝撃は彼女の心と体に残り、後々、好奇心旺盛な下宿人たちは医者がいったいなんと言ったのか、ときどき訊くようになる。

「なにも訊かないで」と彼女は答えることになる。「あんな言葉を聞いてしまって神さまには許してほしい、そうしていただければ、もう満足よ」

医者がミス・リースンを抱いて、興味津々群がってくる猟犬のような人の群れのなかを大股で歩いていくと、みんな恥じ入るように脇にどいた。医者の顔が、自分の死体を運ぶ者の顔のようだったからだ。

運んできた者を医者が救急車のベッドに寝かそうとしないのを彼らは見た。医者が言ったのは「ぶっ飛ばせ、ウィルソン」という運転手への一言だけだった。

さあ、これでおしまいです。どういう話かって？　翌日の朝刊に小さなニュース記事が載りましたが、その最後の一行が事情を理解する助けになるかもしれません（私にはなりました）。

記事には、東××丁目四十九番地から若い女性が飢えによる衰弱でベルビュー病院に運び込まれたとあります。そして最後はこう結ばれています。

「担当した救急医のビリー・ジャクソン医師は、患者は回復する、と語っている」

＊1　十九世紀末、ウォール街の魔女と呼ばれた世界一の資産をもった女性実業家。いつも貧しい身なりで、世界一のケチと呼ばれた。
＊2　一九〇〇年代、ブロードウェイで活躍した女優で、陽気で元気な役が得意だった。
＊3　シェイクスピアの劇『ヘンリー四世』と『ウィンザーの陽気な女房たち』に登場する騎士。肥満体で、陽気なほら吹き。
＊4　ギリシャ神話における非難とあざけりの神。
＊5　ギリシャ神話の女性で、世界一の美女。トロイ戦争の原因となった。

ミス・リースンは、小柄なのに、「大柄な女性でも持ち運ぶのに苦労しそうなタイプライターを持参して」、天窓のある部屋にやってくる。仕事のつらさを予感させるような登場のしかただが、タイピストの女性の仕事の実情が当時どんなだったかについては、やはりタイピストがヒロインの「春のアラカルト」の小解説に記したので、そちらを参照していただきたい。そっちのヒロイン同様、ミス・リースンも清書をするだけのタイピストのようだから、生活は困窮するいっぽうの「貧しいしがないワーキング・ガール」だった。

おなじ下宿にいるほかの女性ふたりは、教師とデパートの店員。教師は昔から教育のある女性の職業ということになっていたし、デパートの店員も（薄給とはいえ）当時の人気の職業だったから、ふたりがともにミス・リースンに「ふんと鼻を鳴らす」のは、可愛らしさが憎いからだけではなく、ミス・リースンの職業の不安定さを見下していたからでもあるだろう。

ところで、ニューヨークに最初の自動車の救急車が登場したのは一九〇〇年で、それまでの救急車は馬車だった。自動車の救急車の大量生産がはじまったのは一九〇九年頃。この作品が発表されたのは一九〇六年だから、餓死寸前のミス・リースンを救出しにやってくる救急車はきっと自動車だが、まだ珍しい存在だっただろう。自動車そのものもまだ金持ちが乗る珍しい乗り物だったし。（青山南）

芝居より劇的

親しくなった新聞記者がフリーパスを二枚持っていたので、数日前の晩、私は、とある人気のヴォードヴィル・ハウスで演芸を観た。

演目の一つにヴァイオリン・ソロがあった。弾いていたのは、印象的な顔立ちの、四十そこそこなのに豊かな髪がすっかりグレーになった男。私は音楽にうるさくないので、雑音の連なりは聞き流して、男のほうをじっと見つめていた。

「あの男にまつわるちょっとした話が、一、二カ月前にあってさ」と新聞記者が言った。「その仕事を担当させられた。コラムで、すごく軽快なジョークっぽいものにするつもりだった。地元の出来事をぼくが滑稽なタッチで書くのをボスは気に入ってくれているみたいなんでね。そう、じつはいまも笑劇のコメディを書いているんだよ。まあ、それはともかく、家にまで行って詳しく取材した。だけど、どうしてもうまく書けない。だから結局、代わりに、イーストサイドの葬式をコミック調にまとめた、いつものような記事に差し替えた。どうしてかって？　まあ、僕の笑いのフックにうまく引っかけられなかったんだ、どういうわけか。きみならきっと開幕劇にぴったりな一幕の悲劇に仕立て上げられるんじゃないか。ネタの詳細はあげるよ」

演芸のあと、友人であるこの記者は、ヴュルツブルガー・シュタインのワインを飲みながら滔々とその子細を語った。

「わかんないな」私は、彼の話が終わると、言った。「どうしてゲラゲラ笑えるような滑稽な話が作れない？　三人の人間は本物の劇場の本物の役者よりはるかにおかしくてバカバカしい役を演じてるじゃないか。現実世界の方が劇場で、あらゆる男女が役者じゃないかと思うほどにさ。「芝居より劇的」私がシェイクスピア先生ならそう言うね」

「じゃあ、やってみてよ」記者は言った。

「よおし、やってみるよ」と私は言った。そして、やった。どうすればその話から新聞向けのユーモアのあるコラムが作れたかを教えてやるために。

アビンドン・スクエアの近くに一軒の家がある。一階には二十五年つづく小さな店があって、おもちゃや雑貨や文房具を売っている。

二十年前のある晩、その店の上の部屋で結婚式があった。メイヨー未亡人がこの家と店の持ち主だった。娘のヘレンがフランク・バリーと結婚したのである。ジョン・デレイニーが新郎の付添人をやった。ヘレンは十八歳で、かつて彼女の写真は新聞の朝刊の「無差別女殺人鬼」というモンタナ州ビュート発の記事の見出しの隣に載ったことがある。もっとも、関係はないだろうと目と頭で否定してからあらためて虫めがねを取りだして写真の下のキャプションを読めば、ロワー・ウェスト・サイドの「とびきりの美女」シリーズの一枚であるとわかるのだが。

フランク・バリーとジョン・デレイニーは同じ地区に住む「とびきりの」若い美男で、心からの親友だった。芝居なら、幕が上がるたび、きっと対立することになるのだろうなと期待させるようなふたりだった。オーケストラ席や小説にお金を払うような面々はそういうものを待っているものだ。そしてここに早くも、話の笑いどころが出てくる。ふたりはヘレンをめぐって壮絶な戦いを繰り広げていたのである。フランクが勝利すると、ジョンは握手してフランクを祝福した——ほんとうにそうしたのだ。式ののち、ヘレンは帽子を取りに階段を駆け上がった。旅行用の服装で結婚式を挙げていたのである。彼女とフランクはオールド・ポイント・コンフォート（ヴァージニア州南東部の海辺の保養地）へ一週間の新婚旅行に出かける予定だった。階下では、いつも同様にぎやかな洞穴の住人たちが、履きつぶした靴とトウモロコシの粒の入った紙袋を両手いっぱい

に抱えて、ふたりを待ち構えていた。（新婚旅行に行く新郎新婦に投げつける慣習があった）

　そのとき、非常階段でガタガタと音がして、部屋に飛び込んできたのは、発狂して理性をなくしたジョン・デレイニーだった。縮れ毛をべっとりと額に貼り付けて、振られた相手に激しく無作法に愛を告白すると、リビエラかブロンクスか、あるいはどこでもいいからイタリア風の空と甘美なる無為《ドルチェ・ファール・ニエンテ》の味わえるところへ一緒に逃げてくれ、飛んでくれ、と懇願してきた。

　ヘレンがデレイニーを撥ねつける様子を見たら、ブレイニー*1は狂喜して飛びついたろう。燃え立つような軽蔑の眼差しで、淑女にむかってそんな口のききかたをするとはどういうつもり、と問い質し、彼をすっかりしゅんとさせたのだから。

　ただちにヘレンは彼を追い出そうとした。彼にさっきまで取り憑いていた男らしさはどこかへ消えていた。頭《こうべ》を垂れて、「思いは抑えられない」とか「心のなかに永遠の思い出として」みたいなことを言った――彼女は、さっさと非常階段から出てって、と促した。

「遠くへ行く」ジョン・デレイニーは言った。「地球の反対側に。ひとのものになったのを承知してきみの近くにいるなんて、とてもできない。アフリカに行くよ、まるでちがった風景のなかで頑張って――」

「お願いだから、出てって」ヘレンは言った。

「だれか来るかもしれないし」

彼が片膝をつくと、彼女は別れのキスをさせるために、片方の白い手を伸ばした。

女性たちよ、偉大なる小さな神キューピッドからのこんな最高の恵みをあたえられたことはありますか？　自分が求めている男はしっかりと確保しておいて、自分が求めていない男には縮れ毛をべったりと額に貼り付けてひざまずかせ、アフリカへ行くとか、心に永遠に咲くアマランスの花のような愛だとか、わめかせているのですから。自分の力を確信するでしょう、甘く確かなものになった自分の幸せな状態を感じることでしょう。失恋した不運なやつは異国に飛ばすことにし、そいつが別れのキスを関節にしているときは、爪のマニキュアがなんてきれいに塗られているか、自分にうっとりしている――いかがです、女性たちよ、こういうのって素晴らしいよね――見逃す手はありません。

するとそのとき、もちろん――どうしてわかりました？――ドアが開き、現れたのは花婿だった、いつまでもいじられている帽子の紐にヤキモチを焼いていたのだ。

別れのキスがヘレンの手に押しつけられ、窓から非常階段へと飛び降りたのはジョン・デレイニーである――アフリカに向かっていた。

ここで少々スローな音楽はいかがでしょう――かすかなヴァイオリンの吐息にクラ

リネットとチェロをうっすらと入れたのなどは。場面を想像してみてください。かんかんに怒ったフランクが、死ぬほど傷ついてわめき散らしています。ヘレンは、彼に駆け寄ってすがりつき、弁明しています。彼は肩にかかった手をつかんで引きはがし――一度、二度、三度と、何度も何度も引きはがし――やり方は舞台監督が教えてくれるでしょう――ヘレンを床に突き飛ばします、彼女は身をちぢめ、打ちひしがれて、うめき声をあげます。おまえの顔なんか二度と見たくない、と彼は泣き叫び、そして、驚く客たちの視線のなか、家を飛び出していきました。

さて、こうなるともう芝居なんかよりも劇的な劇そのものですから、観客のみなさまには現実世界のロビーに出ていただくしかありません、休憩時間は二十年です、どうぞ、結婚したり、死んだり、白髪になったり、富んだり、貧しくなったり、喜んだり、悲しんだりしてください。しかる後、次の幕をあげますから。

ミセス・バリーは店と家を継いだ。三十八歳になっていたが、美人コンテストに出ても、居並ぶ十八歳の小娘たちを圧倒的な判定で打ち負かすことができただろう。一握りの人々が結婚式での喜劇を覚えていたが、彼女はそれを秘密にしているわけでもなかった。芳香剤や防虫剤と一緒にしまいこむこともしなかったし、雑誌社に売ることもなかった。

ある日、中年のばりばり稼いでいる弁護士が、法律用紙とインクを買いに来て、カウンター越しに結婚を申し込んだ。

「本当にありがたいお話です」ヘレンは言った、うれしそうだった。「だけど私、二十年前に別の男性と結婚しているんです。間抜けと呼んだほうがお似合いの人でしたけど、それでもまだその間抜けを愛しているんだと思います。結婚式の三十分後から一度も会ってないんですけど。インクは複写用と筆記用、どちらになさいますか？」

弁護士は昔流の上品な作法でカウンター越しに一礼し、手の甲に敬意のこもったキスをして去って行った。ヘレンはため息をついた。別れのあいさつか、ロマンチックだけど、ちょっとおおげさね。三十八歳の彼女は美しくて愛されていたが、言い寄ってくる男たちから得られるのは非難と別れの言葉だけのようだった。さらに悪いことに、直近の一名に関していえば、顧客を一人失うことにもなった。

商売は上手くいかなくなった、そこで「部屋貸します」の看板をぶら下げることにした。三階の大きな部屋二つを、しっかりとした立派なひとたちのために用意した。間借り人たちは、出ていくときには皆、残念そうに去って行った。というのも、ミセス・バリーの住居はきれいで居心地がよく、趣味も良かったのだから。

ある日、ラモンティというヴァイオリニストがやってきて、階上の正面の部屋を借りた。アップタウンの繁華街の不協和音と雑音が彼の素晴らしい耳を痛めつけていたので、彼の友人が騒音砂漠のなかのこのオアシスに送りこんできたのだった。

ラモンティは、まだ若々しい顔つきといい、黒々とした眉といい、短く鋭い異国風の褐色の髭といい、はっとさせるロマンスグレーの頭髪といい、芸術家気質といい——軽快で陽気で思いやりに満ちた態度に現れている——、アビントン・スクエアのそばの古い家にはぴったりの間借り人だった。

ヘレンは店の上の階に住んでいた。ここの建築様式は風変わりで奇妙なものだった。玄関ホールは大きくてほぼ真四角である。片側と、それから突き当たりにむきだしの階段があって上の階へ続いている。このスペースを彼女はリビング兼オフィスにしていた。机を置いていて、商売の手紙をそこで書いた。そして夕方には、暖炉の火と輝く赤ランプのかたわらに座って、縫い物や読書をした。ラモンティはこの雰囲気をとても心地よいと感じ、多くの時間をそこで過ごし、バリー夫人にパリの素晴らしさを聞かせたりしたが、その地ではことのほか悪名高くてやかましいヴァイオリニストに師事していたのだった。

次にやってきた下宿人二号は、ハンサムで、憂愁をただよわせた男で、歳は四十代前半、褐色の謎めいたあご髭、そして奇妙に訴えかけてくる、すがりつくような目をしていた。彼もまたヘレンとの交際を望んだ。ロミオの目とオセロの口ぶりで、遠い国の物語を聞かせて彼女を魅了し、上品に遠まわしに口説いてきた。

初めからヘレンは、不思議な、抗いがたいスリルをこの男に感じていた。男の声がどういうわけかヘレンをたちまち若き日のロマンスへと引き戻したのだ。この感情はどんどん大きくなり、ついにはそれに支配され、この男はあのときのロマンスに関わっていたのだと直観的に信じるようになった。そして女性ならではの理屈で（そう、女性たちはときどきこうなるのですよ）、ありきたりな三段論法や理論やロジックを飛び越えて、夫が帰ってきたのだと確信した。というのも、彼の目には、女なら見逃すはずのない愛が見えたし、何千トンもの悔恨や自責ものぞいていて、それが哀れみを誘った。その哀れみは、愛は報われたという思いに危険なほど近いもので、まさに、「ジャックの建てた家」[*2]の歌がかぎりなく膨らんでいくように、大きく膨らんでいった。

しかし、彼女はそんなそぶりはみせなかった。ふらりと出て行ってから二十年後にまたふらりともどってきた夫に、スリッパが具合よくきちんと揃えてあるとか、マッチも葉巻のために準備されているとか、期待されては困るからである。償ってもらわねばならないし、説明してもらわねばならない、ことによったら、罵倒も甘受してもらわねばならない。すこし煉獄をさまよわせて、そして、まあ、そこでちゃんと行儀良くしてくれていたら、天国に迎え入れてあげてやるのもいいか。そういうわけで、彼女は、彼が夫だと、もしくはそうではないかと思っているそぶりはみせなかった。

そして、私の友人である新聞記者は、なんと、ここになんら笑いどころを見いだせなかったのだ！　にぎやかで愉快で明るいジョークっぽい話を書くのが仕事なのに――でも、親友をけなしたくはない――話をつづけよう。

ある晩、ラモンティが、ヘレンの玄関ホール兼オフィス兼応接間でもある部屋に顔をだして、陶酔した芸術家の優しさと熱情を発揮して、愛の告白をした。その言葉は、神々しい火が放つまばゆいほどの炎だった。夢想家でもあれば実践家でもある男の心は燃えていた。

「お返事をいただく前に」と彼はつづけて、彼女に、そんなに急に言われても、ととがめられるのを制した。「私には「ラモンティ」という名前しかないことをお伝えしておかねばなりません。マネージャーがつけてくれた名前です。私には自分が誰かも、出身地がどこかもわからないんです。最初の記憶は、病院で目を覚ましたときです。そのときはまだ若くて、病院に数週間いました。それ以前の人生は空白なんです。頭に怪我をして道端に倒れていたところを発見され、救急車で運ばれたそうです。どこかから落ちて石に頭を打ちつけたのだろうとのことでした。私が誰であるかを示すものはありませんでした。いまだ一度も思い出せません。退院してからです、ヴァイオリンを始めたのは。なんとか成功しました。ミセス・バリー――あなたの名前はこれしか存じあげないのですが――愛しています。一目見たそのときから、私にはあなたしかいないと感じました。それに――」と、まあ、こんなようなことをどっさり並べた。ヘレンは若い自分に戻ったように感じた。まずはうれしさの波が、つづいてほんのり甘い自惚れのスリルが体中を駆け巡った。ラモンティをまっすぐ見つめると、心臓が激しく脈打った。そんなにも激しく脈打つとは意外だった。そのことに驚愕した。この音楽家は彼女の人生のなかで大きな存在になっていたのだ、そのことに気がついていなかった。

「ラモンティさん」彼女は言った、淋しそうに。(いいですか、これは芝居ではありませんよ、アビントン・スクエアのそばの古い家で実際に起きたことです)「ごめんなさい、私は結婚しているんです」

そして自分の人生の悲しい話をした。ヒロインというのは、遅かれ早かれ、プロデューサーなり記者にそんな話をするものだ。

ラモンティは彼女の手を取ると、頭《こうべ》を低く垂れてキスをし、部屋へと上っていった。ヘレンは座って、悲しげに自分の手を見つめた。まあ、無理もない。三人の求婚者がその手にキスをし、赤栗毛の馬にまたがって去って行ってしまったのだから。

一時間後、すがりつくような目をした謎めいた男が入ってきた。ヘレンは柳の揺り椅子に腰掛けて毛糸で手慰みに編み物をしていた。階段からぴょんと飛びおりた彼は、話をするために立ち止った。テーブルの向かいに腰かけるや、またまた、愛の言葉をどっとばかりに浴びせかけてきた。そしてそれからこう言った、「ねえ、ヘレン、覚えてないのかい？　きみの目を見ていてぼくにはわかったけど。過去のことは忘れて、愛が二十年続いたことを思い出すということはできないかい？　ほんとうにすまないことをした――怖くて戻ってこられなかった――でも、愛に理性は勝てなかった。許せないかい？　許してくれ」

ヘレンは立ちあがった。謎めいた男は、彼女の片方の手を、強く震えながら握りしめた。

ヘレンは立ちつくした。ああ、芝居ってやつは情けない、このようなシーンや彼女の心情を描けずにきたのだから。

というのも、立ちつくす彼女の心は引き裂かれていたからだ。花婿にたいするフレッシュで忘れがたい初々しい恋は自分のものだし、自分がした最初の選択の思い出は宝物のように神聖で栄誉にしてきたもので、魂の半分を占めていた。その純粋な思いのほうに傾くところはあった。栄誉、貞節、そして甘美な、長く続いてきたロマンスがその思いのほうに彼女を引っぱっていた。しかし、心と魂のもう半分は別のもので占められていたのだ——もっと最近の、もっと充実した、もっと近くの人で。というわけで、古き心が新しい心と戦っていたのである。

そんなふうに彼女が逡巡していると、階上の部屋から、やわらかく、激しく、訴えかけるヴァイオリンの音が聞こえてきた。音楽という魔女はどんなに高位にある者にも魔法をかけるものだ。[*3]袖にくっつけた心臓をカラスに突かれても無傷の者もいるが、首からそう遠くない鼓膜に心臓をくっつけた者は無傷ではすまない。

音楽と音楽家が彼女を呼んでいた。そして傍らでは、栄誉と往年の恋が彼女を引きとめていた。

「許してくれ」彼は懇願していた。

「二十年よ、そんなにも長い時間、あなたは愛していると言った相手から離れていた」彼女は言い放った、煉獄へ追いやる勢いだった。

「どう言ったらいいだろうか」彼は許しを請うた。「包み隠さず話すよ。あの晩、あいつが出て行った時、僕は後をつけた。嫉妬でおかしくなっていたんだ。暗い道であいつを殴り倒した。そしたら起き上がらない。調べてみたよ。頭が石にぶつかっていた。殺すつもりはなかった。愛と嫉妬でおかしくなっていただけだ。近くに隠れて、あいつが救急車で運ばれていくのを見ていたよ。きみはあいつと結婚したけど、ヘレン――」

「誰、誰なのよ、あなたは？」女は叫んで、目を大きく見開き、手を引っこぬいた。

「覚えてないのかい、ヘレン――いつだってだれよりもきみを愛し続けてきた男さ。ジョン・デレイニーだよ。許してくれるなら――」

しかし、彼女はもういなかった、ピョンピョンと、よろめきながら、大急ぎで、飛ぶように階段をのぼり、音楽のほうへ、すべてを忘れてしまってはいるが前の名前のときもいまの名前のときも自分を一途に思ってくれる男のほうへ向かっていた。のぼりながら、泣いていた、叫んでいた、歌っていた、「フランク！　フランク！　フランク！」

三つの運命は、こんな具合に、歳月のなかでビリヤードの玉のようにもつれあったのである。なのに、私の友人の新聞記者ときたら、ここに笑いどころをまったく見いだせなかった！

＊1　チャールズ・E・ブレイニー。二十世紀初頭の劇作家、俳優、プロデューサーで、「メロドラマの王」と呼ばれた。
＊2　「これはジャックが建てた家です」という文章にいろいろな事柄がつぎつぎと付け加えられていく、マザーグースの歌。
＊3　『オセロー』のイアーゴの台詞からヒントを得たもの。オセロに企みを抱くイアーゴーは、自分の心を見せるような振る舞いをしてはいけないという意味で、「そんなことをするのは、自分の心臓を袖にくっつけてカラスに突かせるようなものだ」と言う。

ヴォードヴィル・ハウスからこの作品ははじまるが、アメリカの大衆演芸の発展において、ヴォードヴィルは大きな役割を果たしてきた。起源はというと、旅回りの見世物小屋やサーカスである。それが、十九世紀末、あるサーカス団の団長だったトニー・パスター（「詩人と農夫」では彼への言及がある）がニューヨークへの進出を企画しはじめた頃から徐々に様変わりする。パスターは、いくつもの劇場でヴァラエティ・ショーを開くことにすると、女性の買い物客や家族連れを客にするべく、酒の販売をやめたり、お土産をつけたりしたのである。そして、パスターの成功に多くの商売人たち（その多くはサーカス団長）が刺激され、各地にヴォードヴィルの劇場ができるようになった。かたちは、どこもだいたいおなじで、短い演《だ》し物が、なんの脈絡もなく、延々とつづく。客は、一回入ったら、あとはいつまでいてもかまわなかった。手品があり、歌があり、ダンスがあり、曲芸があり、コメディアンの漫談があり、ところによっては、動物が芸をしてみせたりもした。ヴァイオリニストのソロがそこに混じってきてもまったく不思議ではない。演し物の数の多さをヴォードヴィル・ハウスは競い合った。

二十世紀初めになると、その演し物に、生まれたての映画が入ってくる。まだ短い映画しか作れない頃だったが、演し物のひとつなのだから、それでよかったのである。

O・ヘンリーの作品を「文学のヴォードヴィル」と呼んだ批評家（フレッド・ルイス・パッティ）もいる。短い読み物で読者をわくわくさせるところに魅力がある、という意味だろうが、言い得て妙だ。

アビンドン・スクエアは、グリニッジ・ヴィレッジにある静かな公園である。

（青山南）

吾輩は駄犬である

動物からの原稿を読んであなたがた人間たちが面食らうとは思わない。キップリング先生とか優れた作家さんたちがたくさん、動物も売れる言葉で自己表現できることを証明してくれたおかげで、いまではどの雑誌も動物の話なしで刊行されることはなくなったんだから。もっとも、時代遅れの月刊誌あたりは、いまなお、ブライアン議員[*1]やプレー山[*2]の惨劇の写真を載っけたりしているが。

でも、吾輩の作品に気取った文学は期待しないでほしい――熊のベアルーとか蛇のスネイクーとか虎のタマヌーとかがしゃべる、ジャングル・ブックみたいなのは。生涯のほとんどをニューヨークの安アパートで過ごし、部屋の隅っこの古い化繊のシュミーズ（港湾労働者の奥さんたちのパーティで吾輩の女主人がポートワインをこぼして汚してしまったやつだ）の上で寝てきた駄犬だ、語りの芸の妙技を披露するなんて思われては困る。

吾輩は駄犬である。生まれた日、生まれた地、血統、そして体重については頓《とん》と見当がつかぬ。何でもブロードウェイと二十三丁目の角で、どこかの婆さんが吾輩をバスケットに入れ、太った女性に売ろうとしていたことだけは記憶している。そのハバ[*3]ード婆さんは吾輩を猛烈に売り込んでいた、純血のポメラニアン・ハンブルトニアン・レッド・アイリッシュ・コーチン・チャイナ・ストーク・ポギス・フォックステリアだ、とか言って。太った女性はサンプルでもらったグログランのフランネルの端《は》布《ぎれ》がいっぱい入った買い物袋のなかをがさごそ引っかきまわして五ドル札をとりだし、最後には言い負かされた。かくして吾輩はペットになった――ママお気に入りの「あーよちよち」にだ。さて、心ある読者諸君、あなたはカマンベールチーズとポー・デスパーニュの香水が混ざったような息を吐く二百ポンド（約九十キロ[*4]）もある女性に抱き上げられたことがあるかね？　体中に鼻をこすりつけられ、エマ・イームズ顔負けのソプラノボイスで「あーよちよち、おーよちよち、かわいいわんこちゃん？」なんて言われたことがあるかね？

　純血の駄子犬から無名の駄成犬に育った吾輩は、アンゴラ猫と箱一杯のレモンをかけあわせたような顔になった。つまり、仏頂面だ。それでも吾輩の女主人はまるで気にしていなかった。大昔にノアが箱舟に入れた二匹の子犬が吾輩の祖先の親戚にあたると信じて疑わなかった。マディソン・スクエア・ガーデンでシベリアン・ブラッドハウンドの品評会が催されたときは、警官がふたりがかりで、吾輩を参加させようとする彼女を止めたほどだ。

アパートの話もしておこう。建物はニューヨークでは標準的なもので、玄関ホールには白い大理石が、一階より上にはでこぼこの石が敷かれていた。吾輩たちの部屋は階段を三つ登った、というか、這いあがったところにあった。女主人はそこを家具なしで借り、ありふれたもので埋めた――新品のアンティーク調の布貼りの客間セットと、ハーレムの茶室にいるゲイシャの石版画と、ゴムの木と、そして夫だ。

ああ、大犬座の星よ！　そいつはなんとも哀れな二足歩行の動物だったよ。吾輩みたいなくすんだ黄色の髪と髭の小男だ。めんどりにブスブスつつかれていたかって？――まあ、オオハシとかフラミンゴとかペリカン級のでっかいくちばしにばんばん突つかれていた。せっせと皿を拭きながら、女主人のおしゃべりにも付きあっていた、高そうなリス皮のコートを着た二階の女が安っぽいぼろぼろの服を物干し紐に干していたとかなんとかいう話にもだ。そして毎晩、女主人が夕食を食っているあいだ、吾輩の散歩をさせられていた。

もし男たちが、[*5]一人でいるときの女たちの様子を知ったら、けっして結婚などしないだろう。ローラ・リーン・ジビーを読む、ピーナッツのブリトルを食べる、アーモンドクリームを首にちょんと塗る、皿は洗わない、三十分ほど氷屋と立ち話をする、昔の手紙の山を読み返す、ピクルスをつまみに麦芽の飲物を二瓶飲む、ブラインドの隙間から吹き抜けの向こうの部屋を一時間ばかりのぞく——だいたいそんなことばかりしているんだから。そして亭主が仕事から帰ってくる二十分前になると、家を片付け、見えないように入れ髪をして髪を整え、縫い物をつみあげて十分ほど縫うフリをする。

そういうところで吾輩は犬らしく暮らしていたのである。一日の大半は部屋の隅っこに寝そべり、その太った女性が暇をつぶすのを眺めていた。眠ってしまうこともあり、ろくでもない夢も見た、猫どもを追いかけて地下室へ追いこんでいったり、黒い手袋の老女たちに唸り声をあげていたりというような。まあ、そういうのがふつうは犬に期待されていることではあるんだが。女主人はよく吾輩に襲いかかってきた、腑抜けのプードルみたいなたわごとを浴びせかけて鼻先にキスしてきた——しかし、吾輩はどうしようもなかった。気持ち悪いときに人間がかじるような薬草の用意もなかったから。

吾輩は次第に旦那のほうが気の毒に思えてきた、まるで犬の遠吠えではあるが。散歩に出ると、道行く人もすぐ気付くほど吾輩たちはそっくりだった。だから、モルガン種の馬がひくような高級な馬車が行きかう通りは避けて、十二月の雪がまだうず高く残っているような貧しい人々が住む通りに入っていった。

ある晩、そんなふうに散歩をしていた時のことだ。吾輩は受賞したセントバーナード犬のようなふりを、旦那はといえば、手回しオルガン弾きがメンデルスゾーンの結婚行進曲を演奏するのが聞こえてきたとしてもそいつを殺すような素振りは見せないふりをしていた。吾輩は旦那を見上げて言った、犬の言語で。

「どうしてそんなに不機嫌そうにしている、麻紐で編んだロブスターみたいな面で？彼女はあんたにはキスしないだろうが。彼女の膝の上でおしゃべりを聞く必要もあんたにはないだろうが。ミュージカル・コメディーの楽しい本までエピクテトス[*6]の退屈な語録みたいにしてしまうんだぜ。犬でないことに感謝しろ。元気出せよ、ベネディック[*7]。憂鬱なんかぶっとばせ」

結婚の受難者は吾輩を見下ろした、顔に犬の知性があらわれてきた。

「どうした、犬ころ」と旦那は言った。「いい子だなあ。言葉でもしゃべれそうな顔をしているじゃないか。なんだい、犬ころ——猫でもいるのか？」

猫だって！　しゃべれそうだって！

しかし、もちろん、旦那には分かりようがない。人間には動物の言葉は通じないのだから。人間と犬が意思疎通できるのは、読み物のなかだけだ。

廊下を挟んだ向かいの部屋に、黒とこげ茶のぶちのテリア犬を飼っている女性が住んでいた。彼女の旦那もまた、そいつを紐につないで毎晩散歩に出かけていたが、いつも楽しげに口笛を吹きながら戻ってきた。ある日、そのぶちと廊下で鼻つきあわせる機会があったんで、説明がほしくて小突いた。

「なあ、おい、おチビちゃん」と吾輩。「男の本来の姿じゃないよな、人前で犬の世話なんてするのは。わんわんに紐で繋がれた大の男で、じろじろ見てくる連中をぶんなぐってやろうって目をしていないやつなど、吾輩は見たことがないぞ。ところが、おまえのところの飼い主は毎日元気はつらつで姿勢もよく、まるで卵で手品をするアマチュアのマジシャンだ。いったいどうしてだ？　散歩が好きだからだなんて言うな」

「あの人ですかい？」とぶち。「旦那が使うのは「自然な治療」、つまりは酔っぱらうわけでさあ。家を出るときゃ内気な旦那で、みんながジャックポット[*8]に夢中になっているそばで地味にペドロをはじめる船乗りみたいな男さ。それが酒場を八軒もまわると、紐の先が犬だろうが猫魚《キャット・フィッシュ》（ナマズ）だろうが気にしちゃいない。あっしなんか、スイングドアに挟まって尻尾を二インチ（約五センチ）なくしちゃいやした」

このテリアからもらった情報――寄席芸人はこの名調子に学ばねばならん――でいいことを思いついた。

ある晩の六時頃だった、女主人が旦那にあれこれやらせはじめて、そのうち「かわいこちゃん」に新鮮な空気を吸わせるようにと命じた。今までひた隠しにしてきたが、吾輩はそう呼ばれていたのだ。あの黒とこげ茶のぶちの名は「ぴよぴよちゃん」だ。吾輩のほうがやつよりはぜったいましだとは思う。ただ、「かわいこちゃん」は名前としては空き缶みたいなもので、自尊心を持つ手がかりがまったくない。

安全な通りの静かな場所で、吾輩は旦那の持つ紐を引っ張り、魅力的で上品な酒場に誘ったのである。ドアに突進し、クンクン鳴いたのである、小川で百合を集めていたかわいいアリスが穴に落ちたことを家族に知らせるために伝令として飛びだした犬のように。

「おやおや、目を疑うぜ」旦那は言い、ニャッと笑った。「レモネードみたいなサフラン色のぼうやが俺を酒に誘うってか。そうだな――ずいぶん前のことだよな、足のせに片足置いて靴の革を休ませてやったのは。まあ、ちょっとくらいなら――」

思った通りだった。旦那はテーブルの席に座ってホットスコッチを飲んだ。一時間、キャンベル*9を頼み続けた。吾輩はかたわらに座って、尻尾をパタパタ叩いてはウェイターを呼び、無料のランチにありついていた、女主人が旦那の帰る八分前に惣菜屋で買ってきて手作りとして出すできあいのものよりはるかにうまかった。

　スコットランドの名産品をすっかり飲み干し、あとはライ麦パンだけというところで、旦那は紐をテーブルの脚からほどき、吾輩を外で遊ばせてくれた、釣り師が針にかかった鮭を遊ばせるように。そして、吾輩の首輪を外して道ばたに投げ捨てた。「可哀そうな犬ころだ」旦那は言った。「でも、いい犬ころだ。あいつがお前にキスすることももうねえ。恥ずかしいったらありゃしねえ。行けよ、犬ころ。通りで馬車にでも轢かれて幸せになれ」

　吾輩は立ち去るのを拒んだ。旦那の足のまわりで飛び跳ねて尻尾を振った。絨毯《ラグ》で遊ぶパグみたいに幸せそうに。

「おい、こら、蚤だらけの頭の野ネズミ追いのボケが」吾輩は言った。「月に吠えてウサギを見つけて卵を盗むビーグル犬のボケが、分からんか、吾輩がお前と離れたくないのが？　分からんか、吾輩たちはどちらも森をさまよう子犬なんだよ、奥さんはおっかないおじさんであんたには皿を拭けとタオルを投げてきて、吾輩には蚤除け軟膏を塗り、尻尾にピンクのリボンをしばりたがる。もうこんなのはやめにして、二人だけでずっとやっていこうぜ」

読者諸君は、旦那は理解できなかったと言うだろう――そうかもしれない。しかし、ホットスコッチのおかげか、旦那はじっと立ったまま、数分間、考えていた。

「犬ころ」旦那がついに口を開いた。「この地上で十二回生きることはできないし、三百年以上生きる動物もほとんどいない。うちうちの話、このままうちへ帰れば、俺はうちひしがれるばかりだし、お前だってもっとうちひしがれるだけだ。オッズ六十倍で賭けてもいい、西に行こうぜ、ダックスフンドの胴体くらいの差でぜったい勝ちだ」

もう紐はなかった、しかし吾輩は二十三丁目のフェリーまでご主人さまのまわりで跳ね回っていた。すれちがった猫どもはしっかりした爪をもっていてよかったとホッとしたことだろう。

ジャージー側の港に降りると、干し葡萄パンを立ち食いしていた見知らぬ男にご主人さまは話しかけた。

「俺とこの犬ころ、ロッキー山脈に行くんでさあ」

しかし、なによりも嬉しかったのは、こっちが悲鳴をあげるまで両耳を引っ張ってこう言ってくれたことだよ。

「地味な、猿の頭に、鼠の尻尾の、硫黄色の、ドアマットのぼうやよ、これからお前を俺がなんて呼ぶと思う？」

吾輩は「かわいこちゃん」だと思い、悲しげに鳴いた。

「『ピート』とご主人さまは言った。尻尾を五本振ったって、このときの吾輩の気分を表現するには足りない。

＊1　ウィリアム・ジェニングス・ブライアン。大統領候補に何度も選ばれた民主党の実力者。一九〇〇年にも大統領選に出馬し、落選はしたが、人気のある演説の名手だった。

＊2　西インド諸島のマルティニーク島にある火山。一九〇二年に噴火し、死者の数は三万人を超えた。

＊3　イギリスの伝承童謡集マザーグースに登場するお婆さんで、飼い犬との愉快なやりとりが歌われている。

＊4　ニューヨーク、ロンドン、パリで活躍したソプラノ歌手。

＊5　アメリカの女性小説家。大衆受けのする小説を書いた。

＊6　ストア派の哲学者。

＊7　シェイクスピア『空騒ぎ』に登場する独身主義者で女が苦手。

＊8　トランプ遊びのひとつ。

＊9　スコットランド西部の町。世界のウイスキーの首都とも呼ばれていた。

冒頭に出てくるイギリスの作家のルドヤード・キップリングが『ジャングルブック』を書いたのは一八九四年である。あまりの人気に続編も一八九五年に出た。ジャングルに住む動物たちが主人公の短編集である。二十世紀初頭、キップリングの評判はすこぶる高く、一九〇七年にはノーベル文学賞を受けている。

おなじ時期、アメリカでは、人気作家のジャック・ロンドンが動物小説を書いている。『野生の呼び声』は一九〇三年、『白い牙』は一九〇六年の刊行。犬と狼が主人公である。O・ヘンリーがこの犬の話を書いたのは一九〇五年だが、時流に敏感であることを信条にしていたにちがいないO・ヘンリーならでは技である。ちなみに、おなじ一九〇五年、日本では夏目漱石の『吾輩は猫である』が出た。英米文学に通じていた漱石だからこそ、動物に目をつけたのかもしれない。

語り手の駄犬を二百ポンドの女性が買った場所には、その頃、完成してまもない高層ビルが建っていた。一九〇二年に登場したカミソリ型のフラットアイアン・ビルで、ニューヨークの新名所になっていた。駄犬が旦那とともにハドソン川を渡ったフェリーは、いまはない。


（青山南）

千ドル

「千ドル」トルマン弁護士は、厳粛かつ簡潔に繰り返した。「こちらが、そのお金になります」

ジリアン青年はあからさまにおもしろがっているような笑い声をたて、真新しい五十ドル札の束が入った薄い封筒を、指先でもてあそんだ。

「こりゃ、どうしようもない金額だね」ジリアンは陽気に弁護士相手に語りはじめた。「一万ドルだったら、花火みたいにばんばん使っちまって、仲間をあっといわせるのに。いっそ五十ドルのほうが悩まなくてすんだよ」

「伯父上の遺言が読み上げられたのは、お聞きになりましたね」トルマン氏は続けた。いかにも弁護士らしい、淡々とした口調だ。「詳細まできちんとお聞きになったかどうかは構いません。ですが、これだけはお忘れなきように。あなたには、この千ドルをどのように使ったか、私どもに報告する義務がございます。お金を使い終わったら、可及的速やかに。これは遺言で定められたことです。あなたが亡きジリアン様のご希望にこれだけは応じてくださるものと、信頼しております」

「大丈夫だと思いますよ」青年はていねいに答えた。「そのせいで余計な金はかかるだろうけどね。秘書を雇わなきゃいけないだろうから。勘定はまるで苦手なんだ」

ジリアンは会員になっているクラブに出かけた。彼がブライソンじいさんと呼んでいる男を探し出した。

ブライソンじいさんは物静かな四十男で、世間から身を引いて暮らしていた。片隅で本を読んでいたが、ジリアンが近づいてくるのを見るや、ため息をつき、本を伏せて眼鏡をはずした。

「ブライソンじいさん、起きてよ」ジリアンは声をかけた。「面白い話がある」

「頼むから、ビリヤードの部屋にいるだれかにでも話してやりなさい」ブライソンじいさんは答えた。「知ってるだろう、私がどんなにお前さんの話を嫌いかは」

「今日のはいつもよりましだよ」ジリアンは煙草を巻きながら言った。「あんたに聞いてほしいんだ。ちょっと悲しすぎる、というか、おかしすぎて、ごろごろ転がるビリヤードの球には合わない。いま、死んだ伯父の法律屋の海賊どものところに行ってきたんだけどね、伯父が僕に遺したのは、なんと、千ドルだ。ねえ、千ドルでなにができるっていうの？」

「へえ、そうか」ブライソンじいさんは言ったが、ミツバチが酢の瓶に示すのとおなじくらいの興味しかなさそうだった。「死んだセプティムス・ジリアンには五十万ドルくらいの財産はあると思っていたがね」

「そうだよ」ジリアンはうれしそうに認めた。「それがお笑い草でさ。伯父は、船一杯の金貨をそっくりバイキンにくれてやったんだ。つまり、遺産の一部は新種の細菌を培養している男に、残りはその細菌をやっつける病院の建設費にあげちゃった。あとに残ったのはつまんない遺品が一つ二つ。執事と家政婦には紋章付きの指輪と十ドル。そして甥っ子には千ドルさ」

「お前さんはいつもたっぷり金を持っていたな」ブライソンじいさんは言った。

「どっさりね」ジリアンは言った。「伯父はまるで救いの神さまだったよ、小遣いについては」

「ほかに相続人は？」ブライソンじいさんはたずねた。

「だれも」ジリアンは煙草をくわえて顔をしかめ、長椅子の贅沢ななめし革をそわそわした様子で蹴った。「ミス・ヘイデンという、伯父が後見人になって家に住まわせていた子はいるけど。おとなしい子で――音楽が好きで――運悪く伯父の友だちになった誰かの娘だよ。言うのを忘れたけど、彼女もバカバカしい指輪と十ドルをもらったロさ。僕もそうだったらよかった。そしたら、ブリュットのシャンパンを二本開けて、ボーイに指輪をチップにやっちまえば、全部片付いた。そんなに偉そうにしてないで、バカにするみたいに見てないで、ブライソンじいさん——教えてよ、千ドルで何ができる？」

ブライソンじいさんは眼鏡を拭いてニッコリした。ブライソンじいさんがニッコリしたときは、ことさら意地悪になるのをジリアンは知っていた。

「千ドルってのは」ブライソンじいさんは話しはじめた。「大きいとも小さいとも言える額だな。楽しいマイホームを買って、ロックフェラーを笑いとばす奴もいるだろう。女房を南部に送って命拾いさせてやる奴もいるだろう。千ドルもあれば、百人の赤ん坊に新鮮なミルクを六、七、八月の暑い時分たっぷり買ってやれるから、五十人くらいの命は救えるだろうよ。厳重警備の怪しげな画廊で三十分くらいは賭けトランプで遊べるさ。将来有望な少年に教育を受けさせてやることもできる。聞いた話だと、昨日、本物のコローの絵が競売にでてその額で落ちたらしいぞ。ニューハンプシャーの町へ引っ越せば、その金で悪くない暮らしを二年は続けられるだろう。マディソン・スクエア・ガーデンをそれで一晩借り切って聴衆に演説をぶってやることもできる、聞きたがる奴がいればの話だがな。お題は「推定相続人の身分の不確実性」ってところか」

「あんたもきっと人に好かれるんだろうけどね、ブライソンじいさん」ジリアンは気を悪くした様子もなく言った。「そんなに御託をならべるんでなきゃ。僕が訊いたのは、この僕に千ドルで何ができるのかってことだよ」

「お前さんに？」ブライソンは言い、穏やかにハハハと笑った。「そりゃあ、ボビー・ジリアン君、ふさわしいのは一つしかないよ。ミス・ロッタ・ローリエにその金でダイヤのペンダントを買ってやり、それから西部のアイダホにでも身を寄せて農場の厄介になればいい。羊の農場がいいな、私は羊が大嫌いだから」

「それはどうも」ジリアンは言って立ち上がった。「頼りになると思ってた、ブライソンじいさん。まさに妙案だよ。この金、一度にチャラにしたかったんだ、使い道の報告をしなきゃいけないんでさ。いちいち細目を書くのなんてやりたくないから」

　ジリアンは電話で馬車を呼び、御者に命じた。

「コロンバイン・シアターの楽屋通用口」

　ミス・ロッタ・ローリエが、満員のマチネーの出番の声にこたえる準備もほぼ整い、パウダーパフで顔を繕っていると、着付け係がジリアンの名を告げた。

「お通しして」とミス・ローリエは言った。「あら、どうしたの、ボビー。あと二分で出番だけど」

「きみの右耳、もうちょっとウサギの足みたいにしたら」とジリアンは言い、じろじろ見た。「うん、パウダーはそのかんじの方がいい。二分もとらせないよ。きみ、ペンダントなんかで、ちょっと気になっている品はない？　一にゼロが三つ付くくらいのやつならだいじょうぶなんだけど」

「あら、嬉しいこと言うのね」ミス・ローリエは歌うように言った。「右の手袋は、アダムズ？　ねえ、ボビー、あなた見なかった、デラ・ステイシーがこの間の晩につけていたネックレス？　二千二百ドル、ティファニーのよ。でも、もちろん——ねえ、アダムズ、サッシュはもう少し左に寄せて」

「ミス・ローリエ、開幕のコーラスです！」呼び出し係が外から声をかけてきた。

ジリアンは劇場からゆっくりと、待たせている馬車のほうへ行った。

「ねえ、きみなら、もしも千ドルあったら、どう使う？」御者にたずねた。

「酒場を開きますね」御者は即座にしゃがれ声で答えた。「いい場所があります、あそこなら両手に金をわしづかみだ。角っこにある、四階建ての煉瓦造りでしてね。そうだ、こうしよう。二階は——支那料理とチャプスイの店。三階は——ネイルサロンと伝道所にして、四階は——ビリヤード場。もし旦那が資金を出してくれるってなら

――」

「あー、いや、いや」ジリアンは言った。「ちょっと訊いてみただけだよ。一時間、貸し切りにしてくれないか。停めろと言うまで走ってくれ」

ブロードウェイを八ブロック下ったところで、ジリアンはステッキで運転席との間の小窓をつついて停まらせて、降りた。ひとりの盲人が歩道で高い椅子にすわって鉛筆を売っていたのだ。ジリアンは歩いていって、前に立った。

「すみません」ジリアンは声をかけた。「よろしければ、教えてもらえませんか、もし千ドルあったら、なにをします？」

「あんた、いまここに来た馬車から降りてきたね、そうだろう？」盲人はたずねた。

「ええ」と、ジリアン。

「きっといいご身分の方なんでしょうな」鉛筆売りは言った。「昼間から馬車を乗りまわすくらいだから。まあ、よければ、これを見てくださいな」

盲人は、小さな帳面をコートのポケットから引っ張り出して、ずいと差し出した。ジリアンが開いてみると、銀行の預金通帳だった。盲人の預金残高は一千七百八十五ドルとあった。

ジリアンは通帳を返し、馬車に乗った。

「うっかりしていた」ジリアンは言った。「トルマン&シャープ法律事務所に向かってくれ。場所はブロードウェイの――」

トルマン弁護士は冷ややかで訝しげな目で金縁の眼鏡ごしにジリアンを見やった。

「すみませんがね」ジリアンは機嫌良く声をかけた。「ひとつ訊いてもいいですか? 失礼にはならないと思うんだけど。ミス・ヘイデンは、指輪と十ドルのほかにもなにかを遺書ではもらうことになっています?」

「なにも」トルマン氏は答えた。

「どうもありがとう」ジリアンは言うと、馬車に乗りこんだ。御者に死んだ伯父の家の住所を告げた。

ミス・ヘイデンは書斎で手紙を書いていた。小柄なすらりとした体に喪服をまとっている。しかしなにより目を奪われるのはその瞳だろう。そこに、世の中は意外なことの連続だとでも言いたげな表情をただよわせて、ジリアンがふらりと入ってきた。

「いまトルマンさんのところに行ってきたんだけど」ジリアンは話しはじめた。「書類を見直していたら、見つけたらしいんだ、そのお」――ジリアンは頭の中で法律用語を思い出そうとしていた――「改正案というか追伸というか、とにかく遺言関係のなにかを見つけた。なんだか、あの伯父さん、最後に考え直したみたいで、きみに千ドル遺すことにしていた。それで、どうせ通りがかりだろうからお金を持っていってくれって、トルマンさんに頼まれた。はい、これ。ちゃんとあるか、数えたほうがいいよ」

ミス・ヘイデンは顔色を失った。「まあ！」と言い、もう一度「まあ！」

ジリアンは彼女に半分ほど背を向け、窓の外を見た。

「たぶん、もちろん」と彼は言った、低い声で。「わかっているよね、僕がきみを好きだってこと」

「ごめんなさい」ミス・ヘイデンは言って、自分のものになった金を受け取った。

「だめ？」ジリアンは訊いた、口調はけっこう明るかった。

「ごめんなさい」彼女はもう一回言った。

「メモしておきたいことがあるんだけど、いいかな？」ジリアンは言ってにっこり笑い、大きな書きもの机のまえにすわった。ミス・ヘイデンは紙とペンを渡し、自分の小机に戻った。

ジリアンは、千ドルの使い道の報告を、つぎのようにしたためた。

「一族の面汚したるロバート・ジリアンによって、千ドルは、天から授かりし永遠《とわ》の幸福の由縁たる、この世でもっとも善良にして魅力あふれる女性に支払われた」

ジリアンはその文書を封筒に滑りこませると、一礼して、もと来た道を戻った。

馬車はふたたびトルマン&シャープ法律事務所の前に停まった。

「千ドル、使ったよ」ジリアンは元気よく言って、金縁眼鏡のトルマンを見た。「だから報告に来た、約束通り。なんだかだいぶ夏らしくなってきたね——そう思わない、トルマンさん?」ジリアンは白い封筒を弁護士の机に投げた。「メモが入っている、千ドルが消えた種明かしのね」

封筒に触れもせず、トルマン氏はドアの方へ歩いていくと、パートナーのシャープ氏を呼んだ。二人はいっしょに洞窟のような巨大な金庫を探索した。ようやく掘り出した宝物のように持ってきたのは蠟で封印された大きな封筒だった。それを満身の力でこじ開けると、二人して、上等な頭を右に左に動かしながら、中身に目を通した。そしてトルマン氏が代表して話し始めた。

「ジリアンさん、」あらたまった口調だった。「伯父上の遺言には補足書がございました。私どもに内密に預けられていたもので、遺贈された千ドルをどのように使ったかの詳細な報告をあなたからいただくまでは開けてはならない、と言われていました。あなたが条件を満たしてくれましたので、パートナーと私とでいまその補足書を読ませていただきました。難しい法律用語をならべてご理解を妨げたくはありませんので、要点をかいつまんでお話しします。

「千ドルの使い道が報償するに値するような性質のものであると判断された場合は、かなりの恩恵をあなたはうけることになります。シャープ氏と私にその判定は任されましたが、まちがいなく私たちはその大役を公正に——かつ寛大に果たさせていただく所存です。お断りしておきますが、私どもにはあなたにたいして非好意的な先入観はまったくありませんからね、ジリアンさん。では、補足書の中身に戻りましょう。くだんの千ドルの使い道が十分に思案された賢明なもので、自分本位のものでなかったなら、私どもの権限で、あなたに五万ドル相当の債券をお渡しすることになります。そのためにずっとそれは私どもの手元に置いてありました。しかし、もしも——クライアントのいまは亡きジリアン様がはっきり言い残しておられたように——そのお金を昔のように、まあ、ジリアン様のお言葉をお借りするなら——いかがわしいお仲間とつるんで不埒な遊興に使ってしまった場合は——その五万ドルは、亡きジリアン様が後見人をつとめていらしたミリアム・ヘイデンに遅滞なく支払われることになっています。さて、ジリアンさん、シャープ氏と私とで千ドルの使い道の審査をさせていただきます。書面で提出されたようですね。私どもの判定を信頼していただきたいと思います」

トルマン氏は封筒に手を伸ばした。ジリアンが間一髪の差でかすめ取った。ゆっくりとメモと封筒を引きちぎって、ポケットに入れた。

「いいよ」ジリアンは言って、にっこりした。「こんなことであなたがたを煩わせたくない。どうせ、あなたがたには賭け事の明細なんかわかりっこないしね。千ドルは競馬ですったんだ。では、ごきげんよう、おふたりさん」

法律屋のおふたりさんは顔を見合わせて世も末だとばかりに頭を振った。出ていったジリアンが廊下でエレベーターを待ちながらうれしそうに口笛を吹いているのが聞こえてきたからである。

千ドルをどう使ったらいいか、ブライソンじいさんに助言をもらうべく、ジリアンは「会員になっているクラブ」に出かける。すると、ブライソンじいさんは隅っこで本を読んでいるのだが、このクラブ、マンハッタンの四十四丁目に、十九世紀末から二十世紀初めにかけて登場したいくつかのクラブを想起させる。

その時期、その一角、正確には、四十四丁目の五番街と六番街のあいだにはエリートだけが入れる会員制のクラブハウスがつくられはじめていたのである。先駆けとなったのはハーバード大学の卒業生でなければ会員になれないハーバード・クラブで、登場は一八九四年。イェール大学の卒業生でなければ会員になれないイェール・クラブと、名門のヨット・クラブであるニューヨーク・ヨット・クラブの会員専用のニューヨーク・ヨット・クラブが登場したのは一八九九年である。そして、ほぼ同時に、高級レストランのデルモニコズとシェリーズがオープン、いきおい、その界隈はエリートの裕福な人々が行き交う空間になり、一九〇二年にアルゴンキン・ホテルが高級アパートメントホテルとして営業を開始すると、ますますその観は強くなった。アルゴンキン・ホテルはまもなくニューヨークの文人たちが集まるホテルとして有名にもなるが、それはO・ヘンリーが亡くなった後の話である。

ニューヨークの金持ちたちが優雅な時間を過ごしている場所として、この一角は観光名所にもなり、O・ヘンリーの時代、馬車に乗って見物にくる観光客も少なくなかった。

（青山南）

多忙な株式仲買人のロマンス

株式仲買人ハーヴェイ・マクスウェルの事務所に勤める秘書ピッチャーが、普段は表情に乏しい顔にささやかな好奇と驚きの色を浮かべたのは、その日の朝九時半ごろ、雇い主が元気よく若い女性の速記者と一緒に事務所に入るのを見たときだった。威勢のいい「おはよう、ピッチャー」の挨拶とともに、マクスウェルはデスクを飛び越えんばかりの勢いで持ち場に突進すると、待ち受ける手紙と電報の山にもぐりこんだ。

その若い女性はマクスウェルの速記者として働きはじめて一年になる。彼女の美しさは少しも速記者らしくないところにあった。人目を惹くようなポンパドールにして髪を見せびらかすこともない。首飾りも、ブレスレットもロケットも身に着けない。昼食の誘いにやすやすと応じるような雰囲気もない。服は灰色で質素だが、貞淑で思慮ぶかいその姿にぴったり合っている。すっきりとした黒のターバンハットにはコンゴウインコの金と緑の羽を付けている。今朝の彼女は心地よさそうに恥ずかしそうに輝いていた。目は夢見るように光り、頬はほんものの桃色で、表情は幸せそうに思い出に染まっていた。

　ピッチャーの抱いた関心はいまだささやかではあったが、今朝の彼女がいつもと違うのには気がついた。普段はまっすぐ自分のデスクがある奥の部屋に向かうのに、すこしためらいがちに、こっちのオフィスに残っている。一度は、マクスウェルのデスクに、彼にじゅうぶん気づかれるくらいにまで近づいた。

　デスクに坐っているのは機械で、もはや人間ではなかった。ニューヨークの多忙な株式仲買人で、うなる車輪とゼンマイで動いていた。

「ん――どうしたね？　なんだ？」とげとげしい口調でマクスウェルはたずねた。開封された郵便物が舞台の上の雪のように、ちらかったデスクの上で山になっていた。するどい灰色の目が、人間味もなく無愛想に、ぎらりと半ばじれったそうに彼女を見た。

「いえ」と速記者は答え、ちいさく笑みを浮かべて引き下がった。

「ピッチャーさん」彼女は秘書にたずねた。「マクスウェルさんは昨日、新しい速記者を雇うことについてなにかおっしゃっていませんでした？」

「うん」とピッチャーは答えた。「新しい者を手配しろと。午前中に候補を何人かよこすよう、昨日のお昼過ぎに業者に連絡した。いま九時四十五分だが、[*1]ピクチャーハットをかぶった子も、パイナップル・チューインガムを噛んでいるような子も、まだ来てないよ」

「それなら、いつもの仕事をすることにします」若い女性は言った。「代わりの方が来るまで」そしてすぐに自分のデスクに向かい、金と緑のコンゴウインコの羽が付いたターバンハットをいつもの場所に掛けた。

マンハッタンの多忙な仲買人が繰り広げるあわただしい仕事の光景を見せてもらえないとしたら、人類学を極めることはできないだろう。詩人は[*2]「輝かしい人生の忙しいひととき」を謳うが、仲買人が過ごすひとときは忙しいだけではない、一分一秒がすべてのつり革にぶら下がって前のデッキから後ろのデッキまでびっしりと詰まっているのだ。

そしてこの日はマクスウェルの多忙な日だった。[*3]株価表示機（ストック・ティッカー・マシン）は震えながら巻きになったテープをがんがん繰り出し、デスクの電話はひっきりなしに騒音の発作を起こしていた。顧客たちがオフィスに殺到し、手すりごしに、陽気に、甲高く、意地悪く、興奮してマクスウェルに呼びかけてきた。メッセンジャーボーイが駆け込んできては走り去り、伝言と電報を残していった。社員たちはオフィスのなかを嵐のなかの船乗りのように跳ね回っていた。ピッチャーの表情までもがほぐれてきて、活気のようなものさえうかがえた。

取引所ではハリケーンと地滑りと吹雪と氷河の溶解と火山の爆発がつぎつぎ起こっていたが、そういった凄まじい騒乱はそのまま縮小されて仲買人のオフィスでも再現された。マクスウェルは立ち上がりざまに椅子を壁へと押しやり、つま先で踊るバレエダンサーのように仕事をこなしていた。株価表示機から電話へ、デスクからドアへと、鍛え抜かれた道化師の身軽さで飛び跳ねていた。

ぐんぐん高まっていく気の抜けない緊張のなか、株式仲買人はとつぜん、ビロードとダチョウの羽根が傾いた庇《ひさし》のような形を成しているところから豪奢にまるめた金髪の前髪がのぞいているのに気がついた。さらには、イミテーションのオットセイ皮のサックドレス、胡桃の実ほどのビーズを連ねたネックレス、そして床の近くまで垂れたその先には銀のハート。自信満々といった表情の若い女性がこれからのアクセサリーをつけて立っていた。ピッチャーがいて、説明を始めた。

「引き継ぎの件で速記者の斡旋会社からいらっしゃった方です」とピッチャーは言った。

マクスウェルはすこし振り返った、両手は書類とテープでふさがっていた。

「引き継ぎって何の？」顔をしかめてたずねる。

「速記者のですよ」ピッチャーが答えた。「昨日おっしゃったじゃないですか、午前中に新しい人を手配するようにって」

「どうかしているんじゃないか、ピッチャー」マクスウェルは言った。「なんでそんなことをおれが指示しなきゃならない？　この一年間、ミス・レスリーは完璧に仕事をこなしてきた。本人が望むかぎり、そこはミス・レスリーの持ち場だ。間に合っているんですよ、マダム。その件は業者に言って取り消せ、ピッチャー。それから、こういうのはもう連れてくるな」

銀のハートはオフィスから出ていった、ゆらりゆらり、ばしんばしんと、オフィスの備品に堂々とぶつかりながら憤然として立ち去った。ピッチャーはすきを見て簿記係に言った、社長は日増しにどんどん惚けてすっかり忘れっぽくなっている、と。

ビジネスのあわただしさと速度はますます苛烈にあがっていった。立ち会い所では、マクスウェルの顧客が大量に投資している株が半ダースも売り叩かれていた。売り買いの指令がツバメの飛行のような素早さで飛び交った。マクスウェル自身の持ち株の一部も危険にさらされた、彼はトップギアで、繊細で強靭な機械となって仕事をした——緊張も最大限、スピードも最大限、正確さは失わず、ためらわず、適切な言葉と判断で、時計仕掛けのように機敏に動いた。株券に債券、融資に抵当、委託保証金に有価証券――これこそ金融の世界、人間らしい世界や自然界が滑り込める隙はない。

昼休みが近づくと、大騒ぎのなかにつかの間の平穏が訪れた。

マクスウェルはデスクの脇に立った、両手には電報とメモがいっぱいで、右耳には万年筆が乗っかり、額には髪の毛がばさばさになって垂れていた。窓は開いていた、というのも、春という名の愛しい女性の作業員が目をさましつつある大地の調気装置のスイッチをいれてくれたからで、かすかに暖気が送られてきていた。

そしてその窓からは、さまようような――たぶん迷子になった――香りも入ってきて――その繊細で甘いライラックの香りに仲買人の動きが一瞬とまった。というのも、この香りはミス・レスリーのもの、彼女のもの、彼女だけのものだったからだ。

香りは彼女を生き生きと連れてきて、ほとんどさわれそうなほどだった。金融の世界がいきなり小さくなってちっぽけな点になった。彼女は隣の部屋だ――ほんの二十歩ほど先だ。

「ああ、今だ」マクスウェルは言った、すこし大声になっていた。「今、言おう。ずっと言わないでいたが」

奥の部屋に、しっかりと球を捕らえようとする遊撃手の勢いで駆け込んだ。速記者のデスクに突撃した。

彼女は笑顔で彼を見上げた。柔らかな桃色が頬に広がり、視線は優しく寛大だった。マクスウェルはデスクに片肘をついて身を乗り出した。両手にはまだ風にはためく書類を握りしめていて、耳には万年筆が乗っていた。

「ミス・レスリー」とせかせかと切り出した、「すこししか時間はない。その間に言っておきたいことがある。妻になってくれないか？　ふつうのやり方で求婚する時間がなかった、でも、ほんとうに愛している。すぐ返事をくれ、お願いだ——[*4]ユニオン・パシフィック社をがたがたにしようとしている連中がいるんだよ、いま」

「まあ、なにを言っているの？」若い女性は叫んだ。立ちあがって、目を丸くして、彼をまじまじと見つめた。

「わからないのかい？」マクスウェルは譲らなかった。「結婚してほしい。愛している、ミス・レスリー。これが言いたくて、仕事のすきをみて飛びだしてきた。みんながもう電話口で呼んでいる。ちょっと待つように言ってくれ、ピッチャー。どうかな、ミス・レスリー？」

　速記者の反応はじつに奇妙だった。はじめはあっけにとられているようだった、それから驚いている目に涙があふれた、そして明るい笑顔になった、そして片方の腕をやさしく仲買人の首に回してきた。

「わかったわ」と言った、落ち着いていた。「このいつもながらのビジネスでほかのことがぜんぶ頭から追い出されちゃったのね。初めはぎょっとした。覚えてないの、ハーヴェイ？　わたしたち、結婚したのよ、昨日の夜八時に、〈角を曲がったところの小さな教会〉で」

＊1　華麗な羽根や花で飾られた、つばの広いとても大きな婦人用の帽子。
＊2　十八世紀のイギリスの武官で詩人のトマス・オズバート・モーダントの作で、七年戦争のときに書かれた戦意高揚の詩「召集」の一節。
＊3　この機械から繰り出される企業名や株価の印字された細長いテープで株式市場からの情報を得ていた。
＊4　一八六二年に設立のアメリカ最大の鉄道会社で、吸収合併と倒産を繰り返してきた。二十世紀初めのこの時期も混乱期だった。

ミス・レスリーは「速記者」ということになっているが、「タイピスト」でもあったろう。当時のオフィスでは、ビジネスレターはおもに口述筆記で作成されていたが、ボスが口述するのを速記で書きとめ、それをタイプライターで清書するのが、速記者兼タイピストである若い女性の仕事だった。オフィスではたらく男性たちは、ブルーカラーの労働者と比べれば高給取りだったから、いい結婚ができるかもという期待から、そういった男性と知り合えるオフィスに速記者兼タイピストとしてはたらきたいと考える女性は少なくなかった。速記者が一般に、冒頭に書いてあるように、目立つかっこうをしたがったのも、また、半ばあたりにあらわれる速記者が、じっさい、ネックレスを見せびらかして派手な装いで登場するのも、オフィスの男性の目をひきたいという気持ちのあらわれでもあった。そんななか、ミス・レスリーの「速記者らしくない」美しさがハーヴェイには魅力的に映ったのである。

ちなみに、「角を曲がったところの小さな教会(The Little Church Around the Corner)」は実在する。正式名称は別にあるが、俳優のジョージ・ホランドが一八七〇年に亡くなったとき、友人が近所の教会に葬儀を頼みに行くと、「うちでは俳優の葬儀はしない、角を曲がったところの小さな教会でやったらどうか」とここを勧めてきたことから、この愛称で呼ばれるようになった。東二十九丁目一番地(マディソン街と五番街の間)にある。

O・ヘンリーが亡くなったのは一九一〇年六月五日だが、葬儀はこの教会でおこなわれた。ホランドのときのように断られることこそなかったが、教会のミスで、同時刻に結婚式の予定も入っていた。それぞれの式に参列するべく、教会にやってきたひとたちは、「お葬式のほうですか、結婚式のほうですか」と訊かれる羽目になったという。葬儀のほうが先におこなわれた。（青山南）

東29丁目1番地にある「角を曲がったところの小さな教会」

伯爵と結婚式の客

ある日の晩、アンディ・ドノヴァンがマンハッタンの二番街にある下宿で夕食をとろうとすると、大家のスコット夫人が新しい下宿人の若い女性、コンウェイ嬢を紹介してきた。コンウェイ嬢は小柄で印象は薄かった。地味な黄色味がかった茶色のドレスを着ていて、ぼんやりとした表情で皿に向かっていた。おずおずとまぶたを上げてきらりと見定めるような一瞥をドノヴァンに投げると、ていねいに彼の名前をつぶやき、また皿の上の羊肉に向かった。ドノヴァンは輝くような笑顔とともに優雅にお辞儀をしたが、社会的にも、仕事上でも、また政治的にも早々と出世してきたのはそんな立ち居振る舞いのおかげだった。彼は地味な茶色のドレスのことは心のメモ帳から消した。

二週間後、アンディは玄関前の階段に座って葉巻を楽しんでいた。と、さらさらと衣ずれの音が背後から聞こえてきた。アンディは振り返り――そのまま釘づけになってしまった。

ドアから出てきたのはコンウェイ嬢だった。闇夜のような漆黒のドレスをまとっていた。生地はクレープ・デ——クレープ・デ——ほら、例の薄い黒いやつである。かぶっている帽子も黒く、そこから垂れ下って揺れているのもクモの巣のように薄い黒檀色のベール。階段の一番上に立つと、黒い絹の手袋をはめた。ドレスには白ひとつ色ひとつまったくない。豊かな金髪がわずかに波打ちながら滑らかに光りを帯びてきっちりと首の付け根のあたりで結われている。彼女の顔は美しいというよりは地味なほうだが、いまは光り輝いて、美人と言っていいくらいだった。通りの向こうに並ぶ家々の上空を見つめる大きな灰色の瞳から、えもいわれぬ悲しみと憂愁の表情がただよっていたからである。

いいですか、お嬢さんがた——黒ずくめ、それからクレープ・デ——そう、クレープ・デ・シンです——それですよ。黒ずくめ、それから悲しそうに彼方を見やるまなざし、それから黒いベールの下に光る髪です（金髪でなければいけません、もちろん）。そしてこう見えるようにするんです、つまり、人生の新しい門出で胸を弾ませていたというのにわたしの若い人生はひどいことになってしまった、でも、公園を散歩なんかすれば気分もよくなるのかもしれない、というかんじにね。そしてタイミングを見はからってドアから登場する。そうすれば——ああ、いつだって男はひっかかりますよ。でも、ちょっと言い過ぎかな、ちょっと言い過ぎかな、いくら私が皮肉屋だといっても――喪服についてこんな風に語るのは。

ドノヴァンはコンウェイ嬢をあわてて心のメモ帳に書き加えた。そして残り一と四分の一インチほどの葉巻を、あと八分は楽しめたであろうにポイと捨てると、すばやく重心をローカットのエナメル靴に移した。

「すがすがしい、きれいな夜ですね、コンウェイさん」彼は言った。気象局がその自信に満ちた調子の声を聞けば、快晴をあらわす四角い白い旗を揚げて旗竿に打ちつけたことだろう。

「そういうことを楽しめる心境の人には、いい天気でしょうね、ドノヴァンさん」コンウェイ嬢はそう言って、ため息をついた。

ドノヴァンは心の中で晴天を呪った。非情な天気め！ あられが降り、風が吹き荒れ、雪が舞っていなければいけないのだ、コンウェイ嬢の気分と釣りあうためには。

「お身内のどなたにも――不幸がおありでなければよいのですが」ドノヴァンは思いきって言った。

「死は奪っていきましたよ」コンウェイ嬢は言い、ためらうように――「身内ではありませんが、私の――でも、私の悲しみをあなたに押しつけるわけにはいきません」

「押しつける？」ドノヴァンは異を唱えた。「とんでもない、コンウェイさん、僕は喜んで、いや、心からお気の毒に思いますよ――つまり、僕ほどに心底からあなたに同情している者はまずぜったいいません」

　コンウェイ嬢はかすかにほほ笑んだ。ああ、その笑みの悲しそうなこと。平静でいるときの表情よりもはるかに悲しげだった。

「『[*1]笑えば世界はともに笑う、泣けば世界は笑いをくれる』」彼女は詩の一節を暗誦した。「このことが身をもってわかりました、ドノヴァンさん。私には友人も知りあいもこの街にいません。でも、あなたはずっと私に親切でした。とても感謝しています」

　ドノヴァンは食卓で胡椒を二回とってやったことがあったのである。

「ニューヨークでひとりぼっちというのは辛いことです――絶対に」ドノヴァンは言った。「でもこの小さな古い町は、ひとたび打ち解けて親しくなれば、とことん居心地のいい場所になります。そうだ、ちょっとばかり公園を散歩するというのは、コンウェイさん、どうでしょう――憂鬱な気分もいくらか追いはらえると思いません？　よろしければ僕が――」

「ありがとうございます、ドノヴァンさん。喜んでお誘いをお受けしますわ。心が悲しみでいっぱいの人間がご一緒してもかまわないというのなら」

開け放たれた門を通って、ダウンタウンに古くからある鉄柵に囲まれた、その昔錚々たる顔ぶれが散策していた公園のなかに入ると、二人はぶらぶら歩いて、静かなベンチを見つけた。

若者の悲しみと、老人のそれとの間には大きな違いがあります。若者の重荷は、他人と分かちあえばそれだけ軽くなります。いっぽう、年寄りのはいくらだれかに差しだしても悲しみはいつまでも残ります。

「彼は私の婚約者でした」一時間がたとうという頃、コンウェイ嬢はうちあけた。「春には結婚することになっていました。嘘だと思わないでほしいんですが、ドノヴァンさん、彼は本物の伯爵でした。イタリアに領地と城を持っていました。フェルナンド・マツィーニ伯爵という名前でした。あれほど気品のある人を見たことはありません。パパはもちろん反対でした。そこで一度駆け落ちしたんですが、追いつかれて連れ戻されてしまいました。パパとフェルナンドは決闘することになるなと思いました。パパは乗り物貸しの商売をやっているんです——ポキプシー[*2]で。

「でも、最後にはパパも折れて、来春に結婚してもいいと言ってくれたんです。フェルナンドは爵位と財産の証明を見せると、城を私たちが暮らせるように改築するためにイタリアに帰りました。パパはとてもプライドが高いんです。だから、フェルナンドが私に数千ドルを支度金として渡そうとした時も、彼をひどく罵りました。パパは指輪もどんな贈り物も私に受けとらせませんでした。だからフェルナンドが船で発つと、私はこの街に来て、キャンディーを売る店のレジの仕事についたんです。

「そうしたら三日前、イタリアからの手紙がポキプシーから転送されてきました。フェルナンドがゴンドラの事故で亡くなったという知らせでした。

「だからこうして喪服を着ています。私の心は、ドノヴァンさん、永遠に彼の墓のなかですよ。私と一緒にいてもつまらないでしょう、ドノヴァンさん。でも、もう誰にも興味が持てなくなっているんです。いけませんね、いろんな愉快なことや笑わせ楽しませてくれるお友だちからあなたを遠ざけておくわけにはいきません。もう下宿に戻りたいと思ってらっしゃるのではないですか？」

さて、お嬢さんがた、若い男に、私の心はだれか他の男の墓に埋まったままです、と言ってごらんなさい。ツルハシとシャベルを取りに大急ぎで駆けだしていく姿が見られますから。若い男というのはみな生まれつき墓荒らしなのですよ。未亡人たちにたずねてみるといい。なんとしてでも男たちは墓に埋まってしまった心を涙に濡れているクレープ・デ・シンの天使たちのもとに取り戻してこようとするものです。死人はどうこうしようにも手も足も出せない。

「本当にお気の毒です」ドノヴァンは言った、優しく。「いいえ、まだ下宿には戻らずここにいましょう。それに、この街に友だちがいないなんて言わないでください、コンウェイさん。僕は心底からお気の毒に思っています。信じてください、僕はあなたの友だちですし、本当にお気の毒に思っている」

「ロケットの中に彼の写真があります」コンウェイ嬢はハンカチで涙をぬぐうと言った。「今まで誰にも見せてないんですが、あなたにはお見せします、ドノヴァンさん。だって私、あなたは本当の友だちだと信じていますから」

ドノヴァンは長いこと食い入るようにコンウェイ嬢が開いて見せたロケットの写真を眺めた。マツィーニ伯爵の顔は人目を引くものだった。ひげは生やしておらず、知的で晴れやかな、美男子といって差しさわりのない顔——強く快活で、仲間内ではリーダーになりそうな男の顔だった。

「これより大きい、額縁に入った写真が私の部屋にあります」コンウェイ嬢が言った。「下宿に戻ったらお見せします。フェルナンドを思い出すよすがに私が持っているのはそれだけです。でも、フェルナンドはいつだって私の心の中にいますから、しっかりと」

微妙な課題にドノヴァンは直面することになった――コンウェイ嬢の心のなかの不運な伯爵に取ってかわるという難題だ。彼女への想いが実行に踏みきらせた。しかし、その仕事は、大きかったがたいして負担でもなさそうだった。親身で陽気な友人をドノヴァンは努めて演じた。そして非常にうまくやってのけたので、それから三十分、二人は二皿のアイスクリームをはさんでしんみりと語らった。もっとも、コンウェイ嬢の大きな灰色の瞳から悲しみが消えることはなかったが。

その晩、下宿の玄関ホールで別れる前に、彼女は階段をかけ上がると、白いシルクのスカーフで大事そうに包まれた額縁入りの写真を持って下りてきた。ドノヴァンは謎めいた眼差しで眺めた。

「彼、これをイタリアに発つ日の夜にくれたんです」コンウェイ嬢が言った。「この写真からロケットに入れる写真をつくりました」

「立派な男性です」ドノヴァンは言った、心から。「もしよろしければ、コンウェイさん、今度の日曜日の午後、コニーアイランドへ一緒に行っていただくことはできますか？」

そして一カ月後、二人は、婚約したことをスコット夫人と他の下宿人たちに告げた。コンウェイ嬢は相変わらず黒を着つづけていた。

告知から一週間後、二人はダウンタウンの公園のおなじベンチに座っていた。ひらひら舞う落ち葉のせいで月明かりのなかの二人はキネトスコープのぼやけた映像のなかにいるようだった。しかし、ドノヴァンは一日中、心ここにあらずの様子で陰鬱そうだった。あまりにも黙っているので、恋する唇は恋する心が投げる疑問を発せずにはいられなかった。

「いったいどうしたの、アンディ、今夜のあなたはなんか思いつめて不機嫌そうだけど」

「なんでもないよ、マギー」

「私にはわかるの。あなたが今までこんな風だったことなんてなかったもの。何なの?」

「本当になんでもない、マギー」

「いいえ、なんでもないことない。私は知りたい。きっと他の女の子のことを考えているのね。乗りかえたいならそうすればいいわ。お願いだから、腕を離して」

「分かった、言うよ」アンディは答えた、冷静になっていた。「でも、ちゃんとは分かってもらえないと思うけど。マイク・サリヴァンという名前は聞いたことがあるかい? 〝ビッグ・マイク〟サリヴァンってみんなが呼んでるひとだ」

「いいえ、ないけど」マギーは言った。「でも、聞きたくもない、そのひとがあなたをこんな風にしたのなら。誰？」

「ニューヨークで一番の大物さ」アンディは言った、その声には讃嘆の念すらあった。

「相手がタマニー[*3]派の政治家だろうが政界の古株だろうが、ほぼなんでも自分の思い通りにできるひとだ。背は一マイル、横幅はイースト・リヴァーと同じくらいあるんじゃないかと思うほどさ。もしもビッグ・マイクに異論でも唱えようものなら、ものの二秒もしないうちに百万人の人間に鎖骨を踏みつぶされることになる。前に彼が古巣にちょっと顔を出した時なんか、そこで威張り散らしていた連中はウサギのようにコソコソと穴に隠れた。

「でね、そのビッグ・マイクは僕の友人なんだよ。僕の影響力なんて、トランプで言えば最弱の〝2〟くらいもないんだが、マイクは小物や貧乏人とも大物に対するのと同じように仲良くしてくれる。今日バワリー[*4]で会ったんだが、彼、どうしたと思う？近づいてきて握手してくれた。そしてこう言ったんだ、「アンディ、いつも見ているぞ。なかなかいい仕事をしてくれているじゃないか。私も鼻が高いよ。何が飲みたいか？」マイクは葉巻を吸い、僕はハイボールを飲んだ。僕は二週間後に結婚する予定だと話した。そしたら言われたんだ、「アンディ、招待状を送ってくれよな、きっと忘れずに式に行くから」そう言ったんだ、ビッグ・マイクが。いつだって言ったことは必ず実行するひとなんだよ、彼は。

「君には分からないだろうが、マギー、ビッグ・マイクを結婚式に呼べるなら片腕を切り落としてもいいくらいなんだ。僕の人生で一番名誉な日になるからね。彼が結婚式に来るということは、花婿は花嫁だけじゃなく約束された未来も手に入れるということなんだよ。だからたぶん今夜の僕は機嫌が悪いように見えるんだろう」

「それならお呼びすればいいじゃないの、そんなにありがたい方なら」マギーは言った、屈託なく。

「そうできない理由があるんだよ」アンディは言った、悲しそうだった。「結婚式に来ちゃいけないわけがあるんだ。何かは聞かないでくれ、君には教えられないから」

「あら、私は気にしないわよ」マギーが言った。「どうせ政治にかんするなにかなんでしょう？　でも、そんなの、あなたが私に笑みを見せてくれない理由にはならないわ」

「マギー」アンディはすこししてから言った。「僕のこと、愛しているかい？　君の――マツィーニ伯爵を愛していたのと同じくらいに」

彼は長いこと待ったが、マギーは答えなかった。そして急に彼の肩にもたれかかって泣きはじめた――体を震わせながらむせび泣き、彼の腕を強くつかんで、涙でクレープ・デ・シンを濡らした。

「おい、おい、おい！」アンディはなだめた、自分の悩みのことはそっちのけだった。

「どうしたの、一体？」

「アンディ」マギーは泣きじゃくっていた。「私、あなたに嘘をついていた。だからもう結婚なんてしてくれないでしょうし、愛してもくれないでしょう。でも、本当のことは言わなくちゃ。アンディ、伯爵なんてぜんぜんいなかったのよ、まったく。生まれてこのかた、恋人なんかいたためしもないわ。でも、他の女の子たちにはいて、皆自分の恋人の話をするでしょう、そうすると他の男性はますますその子たちに惹かれていくようだった。アンディ、私、黒を着ると見映えがするの――知っているわよね。だから写真屋に行ってあの写真を買い、小さい方はロケットに入れられるように作ってもらって、それから伯爵の話をでっちあげて、彼が死んでしまったことにしたの、そうすれば黒いのが着られるから。嘘つきを愛せる人なんていないわよね、だから私は捨てられる、アンディ、私、恥ずかしくて死んでしまいたい。ああ、他に好きな人なんていなかったわ、あなた以外――これで全部よ」

しかし、気がつくと、押しやられるかわりに、マギーはアンディの腕にいっそうしっかりと抱きしめられていた。目をあげると彼の顔は晴れやかににっこりと笑っていた。

「私を——私を許してくれるの、アンディ？」

「もちろん」アンディは言った。「問題ないさ。伯爵には墓地へお引きとり願おう。君がすべて解決してくれた、マギー。結婚式までには打ちあけてくれるだろうと思っていたんだ。悪い娘《こ》だ！」

「アンディ」マギーは幾分はにかんだようにほほ笑みながら、許されたのだとすっかり安心した様子で言った。「伯爵の話、全部信じていたの？」

「うーん、あんまり」アンディは言って葉巻のケースに手を伸ばした。「だって、ロケットの中に入っていたのは、ビッグ・マイク・サリヴァンの写真だったから」

＊1　詩人エラ・ウィーラー・ウィルコックスの「孤独」（一八八三年）の一節で、正しくは「笑えば世界はともに笑う、泣けば独りで泣くことになる」。

＊2　ニューヨークの北にある市。

＊3　当時ニューヨーク市政において絶大な勢力を誇っていた民主党系の政治団体。

＊4　マンハッタンのダウンタウンにある通りとその界隈。

Ｏ・ヘンリーがこの作品を書いた頃、ニューヨークにはティモシー・サリヴァンという名前の大物の下院議員がいて、マンハッタンのダウンタウンのバワリーあたりが選挙区だった。タマニー派の実力者でもあれば、犯罪組織ともつながりがあり、巨体ゆえ、「ビッグ・ティム」なる仇名がついていた。人気があったから、写真屋ではかれの写真も売っていたかもしれない。

この作品で言及されているニューヨーク一の大物の名前はマイク・サリヴァンである。そして仇名は「ビッグ・マイク」だ。露骨すぎるくらい、Ｏ・ヘンリーが「ビッグ・ティム」を念頭に置いて書いたのは明らかである。新聞でこの作品を読んだニューヨークの読者の多くは、あの政治家のことか、とすぐさま気がついたことだろう。同時代のだれもが知っている新鮮なネタを堂々と料理するＯ・ヘンリーならではの果敢な芸がここでも発揮されている。

なお、ドノヴァンとコンウェイ嬢が散歩する公園はストイフェサント・スクエア・パーク。ダウンタウンの東十五丁目から東十七丁目にかけてあり、二番街が間を走っている。

（青山南）

詩人と農夫

先日、詩人の友人が、生まれてこのかた自然に寄り添いながら暮らしてきた男なのだが、詩を書いて、編集者にみせた。それは生き生きとした田園詩で、野原のほんものの息吹と鳥たちの歌と小川の心地よいせせらぎに満ちていた。その詩のことで彼がもう一度編集者に会いにゆくと、ビーフステーキのご馳走を内心では期待していたのに、作品がこんなコメント付きで差し戻された。

「不自然すぎる」

私たちは何人かで集まると、ダッチェス郡(ニューヨーク北にあり、ワインの産地として有名)の赤ワインを囲み、スパゲッティをフォークからボロボロこぼしながら、憤懣《ふんまん》を飲み下した。

そして編集者を一杯食わせてやろうということになった。同席した者のなかにけっこう名の知られた小説家のコナントがいたのだ——生まれてこのかたアスファルトの上しか歩いたことがなく、特急列車の窓から田園風景が見えるだけでもげんなりしてしまうような男だ。

コナントが一篇の詩を書きあげ、「雌鹿と細流」というタイトルをつけた。その詩は、アマリリスのなかの散策はせいぜい花屋のウィンドウまで、鳥についての議論はレストランのウエイターとだけ、というような詩人から期待できるのはこんなものだろうという、いい見本のような作品になった。コナントがその詩に署名をし、みんなで当の編集者に送りつけた。

しかし、これは本題とはあまり関係がない。

その編集者がその詩の第一行に目を通していたちょうどその頃、翌朝のことだが、*1ウェスト・ショア・フェリーボートから生きものが一匹飛び出して、四十二丁目をのそのそと進んでいた。

その闖入者はライトブルーの瞳をした若者で、口は半開き、髪は、ミスター・ブレイニー（八十八頁*1参照）の芝居にでてくる幼い孤児（のちに伯爵の娘だとわかる）のとまったく同じ色をしていた。ズボンはコールテンで、上着は半袖で、ボタンは背中の真ん中についていた。長靴は片方だけがコールテンの外に出ていた。麦わら帽子は、無駄に終わろうとも、ついつい耳を出す穴が開いているかもしれないと探してしまうようなしろもので、その形状から、馬がかぶっていたのを奪いとってきたのではないかという疑惑を生じさせた。手にさげている旅行鞄——これを描写するのは無理な話だ。古風なボストン人といえども、これにランチと法律書をつめてオフィスに行く気にはならないだろう。そして、片方の耳の上、髪の毛のなかにくっついていたのは一摑《つか》みの干し草——まさに田舎者だという保証書、純真無垢の象徴、世間擦れした怠け者どもを恥じ入らせるエデンの園の名残である。

すました顔で、微笑みを浮かべながら、都会人たちがそばを通り過ぎていったが、野蛮人のよそ者が側溝のなかに立って高いビルのほうに首を伸ばしている姿を目にすると、笑みは消えて、見ようとすらしなくなった。またこれか、といった風にだ。なかには年代物の旅行鞄をちらりと見やる者もいて、いったいコニー・アイランドのどの「アトラクション」を、あるいはチューインガムのどのブランドを懸命に覚えこもうとしているんだろうか、と様子をうかがった。しかし、大半は無視した。新聞売りの少年でさえ、馬車や路面電車をよけてサーカスのピエロみたいに跳びはねている彼の姿に、うんざりしていた。

八番街に〈ペテン師ハリー〉が立っていた。染めた口髭に、きらきらした人のよさそうな目をしていた。ハリーはかなりの役者だったから、やりすぎな演技をする役者には我慢ならなかった。宝石店のショーウィンドウの前に立ち止まって口をぽかんと開けている田舎者に近づいていくと、首を振った。

「盛りすぎだな、兄さん」と言って、ケチをつけた。「ちょっぴり盛りすぎだ。なにが狙いかわからんが、その小道具、盛りすぎだぜ。その干し草なんか、うん——そうよ、プロクター[*2]の劇場でだってもう使わせねえぞ」

「言ってること、わからんです、ミスタ」街の新入りは言った。「サーカスに入ろうなんて思ってないです。アルスター郡（ダッチェス郡に隣接する）から都会見物に来たんです、干し草作りも終わったんで。ひぇぇ！　それにしてもでっけぇわ。ポキプシー（ダッチェス郡の郡庁所在地）も立派なもんと思ってたけど、この町はその五倍はおっきい」

「おいおい」〈ペテン師ハリー〉は眉根を寄せた。「べつに口出しするつもりはなかったんだ。いいよ、話してくれなくても。ただ、ちょっとばかり抑えたほうがいいと思ったわけ、知恵つけてやりたかった。どんな手口にせよ、うまくいくのを願ってるぜ。どうだい、とにかく一杯やろうぜ」

「ラガービール一杯くらいならいいよ」相手も同意した。

　人あたりの良さそうな顔に狡そうな目をした男たちが溜まっているカフェに入ると、ふたりは飲みものをもって腰かけた。

「あんたに会えてよかった、ミスタ」干し草頭が言った。「セブンアップですこし勝負やらんかい？ ケードは持ってるよ」

ノアの遺物みたいな旅行鞄からごそごそ取りだした——ほかではなかなかお目にかかれないようなトランプで、ベーコン料理の脂でぎらつき、トウモロコシ畑の土で汚れていた。

〈ペテン師ハリー〉はしばし大きな声をあげて笑った。

「俺はいい、兄弟」彼はきっぱりと言った。「おまえさんの変装にはすこしも反対じゃない。ただ、やりすぎだと言ってんだ。アホな田舎者だって、七九年からこっち、電球が登場してからこっち、そんななりはしてないぜ。そんな格好じゃブルックリンでネジ式の懐中時計をいただく仕事もできるか怪しいもんだ」

「ああ、俺に金がないと思ってるね、心配ないよ」干し草頭は得意げだった。ぎゅっと丸く縛り上げられてティーカップくらいの大きさになった札の塊を引っぱりだすと、テーブルの上においた。

「ばあちゃんの農場からの俺の相続分だ」彼は言い放った。「この丸っこいの、九五〇ドルある。都会に行って、これでやれるなんかいいビジネスを探してやろうと思ったんだ」

〈ペテン師ハリー〉は札束を摑み上げると、にこやかな目つきで感心したといわんばかりに、眺めた。

「まえに見たのはもっとひどかった」彼は鑑定するように言った。「しかし、そんな身なりじゃ、やってけねえぞ。薄い茶の革靴や黒いスーツやカラフルなバンドを巻いた麦わら帽子は必要だな、そしてピッツバーグの鉄鋼とか運送コストとかの話をぺらぺらしなきゃ、そして朝食にはシェリーを飲む。このてのニセモノで仕事をしたいっていうなら」

「あいつの専門はなんだい？」と狡そうな目つきをした二、三人の男たちが〈ペテン師ハリー〉に訊いた。干し草頭はケチをつけられた札束をまとめて立ち去っていた。

「ニセ札だろ」ハリーは言った。「でなきゃ、ジェロームのところのやつだ。あるいは、新しい手口をもったやつ。やりすぎの干し草野郎だよ。ひょっとすると――ちょっとは気になるが――いやいや、ほんものの金であるはずはねぇな」

干し草頭は外をぶらぶら歩いていた。喉の渇きにまた襲われたのか、脇道の薄暗い酒場に飛び込むとビールを注文した。彼が入ってくると、店にいた連中の目がしばし輝いたが、しかし、しつこいくらいおおげさな田舎臭さが際立つにつれ、彼らの表情も用心深く懐疑的なものに変わった。

干し草頭は、旅行鞄をバーカウンターに勢いよくのせた。

「しばらく、こいつを預かっといてくれんか？　ミスタ」いかにも粗悪品の黄褐色の葉巻をくしゃくしゃ噛みながら言った。「ちょいと一まわりしたら、帰ってくるから。目を離さないでよ。なんちゅっても、こんなかには九五〇ドルはいってんだ。たぶん俺を見てもそんなふうには思えんだろうけど」

外のどこかの蓄音機から楽団の曲が鳴りだすと、干し草頭はそれにつられて出ていった。上着のボタンが背中の真ん中で取れかけて揺れていた。

「デイヴィ、マイク」と言ったのはカウンターに張りついていた男たちで、露骨に目配せをしあった。

「たいしたもんだな、いまの」バーテンダーは旅行鞄を隅っこへ蹴り飛ばして言った。「あんたら、あんなのに俺がひっかかるとはまさか思ってねえだろうな？　だれが見たって、あれは新米じゃねえよ。おおかたマカドゥーのとこのペテン師だろう。ひとりでやったのかな、冗談みたいな扮装しやがって。いまどきあんな格好をした奴は田舎にだっていねえよ。ロードアイランドのプロビデンスみたいなところにも[*3]ただで郵便が届けられるようになったご時世だ、あんなのはいねえ。あの鞄に九五〇だと？　九十八セントのウォーターバリーの時計が九時五十分でとまってるってことじゃねえか」

干し草頭は、ミスター・エジソンの発明品を満喫すると、旅行鞄を取りに戻ってきた。そのあとはブロードウェイに繰り出し、ぶらぶら歩きながら、熱のこもった青い瞳でくまなく見てまわった。しかし、ブロードウェイはいつにもましてそっけない一瞥と冷たい笑みで彼をはねつけた。都会が耐えねばならないどうにも古くさい「ギャグ」に彼はなっていた。そのありえなさは凶悪なくらいで、超がつくほど田舎くさく、農家の庭や干し草畑やヴォードヴィルの舞台で目にするとびきり不気味な品々よりもはるかに素っ頓狂だったから、ひとの不満と不安を掻きたてるばかりだった。髪についた干し草の束も、本ものきわまりない、フレッシュで、草原の香りが漂う、うるさいくらい田舎的なものだったから、[*4]豆隠し手品のイカサマ師すら、それを目にするとさっさと豆をしまってテーブルをかたづけるくらいだった。

干し草頭は石の階段に腰をおろして、旅行鞄の中から黄ばんだ紙幣の束を掘り出した。外側から二十ドル札を一枚剝ぎ取り、新聞売りの少年を手招きした。

「ぼうず」彼は言った。「どこかでこいつを両替してきてくれねえか。細かい金がほとんどなくてね。急いで行ってきてくれたら、五セント玉をやるから」

心外だという表情が新聞売りの少年の黒い顔に浮かびあがった。

「あぁ、アホじゃねえの！　消えなって、そのおっかしな札はてめえで両替してこいや。てめぇみたいな服、どこの田舎でも着てねえって。ニセ札もって消えろ」

角でぶらぶらしていたのは、鋭い目つきの賭場の客引きだった。干し草頭が目に入ると、その表情はいきなり醒めた堅実なものに変わった。

「ミスタ」田舎者が言った。「ここいらにセブンアップとかキーノの数字当てがやれるとこがあるって聞いてきた。この鞄には九五〇ドル入ってる、故郷のアルスター郡から観光に来ただよ。九ドルか十ドルぐらいで遊べるとこ知らんですか？　ちょっと楽しんだら、なんかいいビジネスをやってるとこを買収しようかと思ってんだ」

客引きは苦々しい顔になり、自分の左の人さし指の爪の白い斑点を眺めた。

「帰ったら、旦那」客引きは呟いた、咎めるような口調になっていた。「警察本部もすっかり頭がおかしくなったんじゃないの、そんな化けものみたいな格好をさせてあんたを潜り込ませようだなんて。そんな[*5]トニー・パスターの芝居の舞台衣装みたいななりじゃ、道端でやってるクラップのゲームにも二ブロックも近づけねえすよ。最近ご活躍のデスバレーの[*6]ミスター・スコッティには、まあ、さすがのあんたもぜんぜんかなわねえけどさ、なにしろ、あっちはエリザベス朝演劇並みの舞台立てや小道具をフル活用してくるから。引きあげたほうがいいすよ。はい、知らねえです、エースに警察を賭けてくるような金ピカのホールなんて」

不自然なものをただちに察知する大都会にまたしてもはねのけられた干し草頭は、縁石に座り、思索をめぐらし、ひとりで協議した。

「服だ」彼は言った。「くそッ、これでなきゃいいんだ。田舎もんだと思って関わろうとしないんだ。この帽子、アルスター郡では笑われたことなんかなかったのに。ニューヨークでひとに認めてもらうには、みんなみたいにドレスアップしなきゃなんねえのかな」

そこで干し草頭は、露店が並んでいる一画へ買い物に行った。男たちが鼻から声を出し、揉み手をしながら、うっとり顔で彼のぽっこりふくらんだ胸に巻き尺を当ててきたが、胸がふくらんでいたのは一列に粒が偶数並ぶ小さな赤トウモロコシが内ポケットに入っていたからだ。やがて、配達人たちが箱をいくつもロングエイカー・スクエア（現在のタイムズ・スクエア）の明かりがまぶしいブロードウェイの彼のホテルへ続々と運びこんだ。

夜の九時、歩道に降りたったのは、アルスター郡が関わりを拒絶したくなるような男だった。きらきらした茶の革靴に、帽子は最新の型だった。薄いグレーのズボンにはしっかりと折り目がついていた。鮮やかなブルーのシルクのハンカチがエレガントな英国仕立てのウォーキングコートの胸ポケットからのぞいていた。襟は洗濯屋のウィンドウに飾ってありそうなほどピンとしていた。ブロンドの髪もきちんと整えられていた。あの干し草の束は消えていた。

彼はしばし立ちどまった。まばゆい輝きが彼をつつみ、遊び人が夜のお楽しみのコースを考えているような悠々とした風情が漂った。それから彼は華やかなまぶしい通りへ、大富豪のゆったりと優雅な足どりで歩いて行った。

だが、立ちどまっていたとき、ニューヨーク一狡猾で俊敏な目が視野に彼を捉えていた。灰色の目をしたその太った男は眉をぴくりと吊り上げて、ホテルの前でたむろしていた二人の仲間を呼び寄せた。

「あんなにうまそうなカモ、半年ぶりだ」灰色の目が言った。「行くぞ」

十一時半、一人の男が、西四十七丁目の警察署に駆け込んできて、ひどいことになったと話した。

「九五〇ドルだよ」男は喘《あえ》いでいた。「ばあちゃんの農場から相続した全部だ」

対応した警官は、ジャベス・ブルタンという田舎くさい名前とアルスター郡ローカストヴァレーからやってきたことを、男からどうにか聞きだすと、おもむろに暴漢たちの特徴を聴取しはじめた。

コナントは、編集者のところに詩の運命を尋ねに行くと、雑用係などそっちのけで、即座にロダンやJ・G・ブラウンの像が飾られた奥のオフィスへ案内された。

「『雌鹿と細流』の第一行を拝読してすぐわかりましたよ」と編集者は言った。「これは自然と心を通わせてきたひとの作品だな、と。洗練の芸が発揮された詩行に惑わされてそれを見落とすようなことはありませんでした。野暮な喩えになりますが、森や草原を駆け回る野生児が流行の服をまとってブロードウェイを闊歩しているみたいでしたよ。服の上からでも人間の真の姿は見えてくるものですね」

「それはどうも」コナントは言った。

「小切手は木曜日になるのね、いつもどおり」

この話の教訓はどうしたものだろう、一つに絞れない。好きなほうを選びとってもらいたい。「農場にとどまれ」か、「詩は書くな」か。

＊1　ハドソン・リヴァーを渡るフェリーで、ニュージャージーのウィーホーケンとマンハッタンの四十二丁目のあいだを運航していた。

＊2　ヴォードヴィルの興業主F・F・プロクターが経営する劇場チェーンは盛り沢山の演し物で圧倒的な人気を誇った。
＊3　田舎の津々浦々まで郵便が無料で配達されるようになったのは一八九六年のこと。
＊4　三個のクルミの殻のひとつに豆を隠し、どれに入っているかを当てさせる賭博。
＊5　ヴォードヴィルをニューヨークに普及させた先駆者。
＊6　ネヴァダ州のデスバレーに城を構えて冒険的な行動と大がかりな詐欺で全米に名を轟かせた。

一九一〇年の作品だが、エジソンにさりげなく言及した箇所が二箇所あるのがなにより注目される。ひとつは一八七九年に出現した白熱電球で、街のペテン師は「七九年からこっち、電球が登場してからこっち」世界は一変したのだ、と言わんばかりの口調だ。もうひとつは蓄音機で、マンハッタンにやってきた田舎者は「外のどこかの蓄音機から楽団の曲」が聞こえてくると酒場から飛びだしていって「ミスター・エジソンの発明品を満喫」してくる。

十八世紀後半から二十世紀前半にかけて、エジソンが数々の発明をおこなった、というか、自分や他人が発明したものの普及におおいに貢献したことはよく知られているが、それらの品々がどんなに革命的であったかは、O・ヘンリーがさりげなく書きこむ一般人たちのこんな反応から鮮やかに伝わってくる。

また、酒場のバーテンダーの「ロードアイランドのプロビデンスみたいなところにもただで郵便が届けられるようになったご時世だ」という台詞も、通信革命への驚きの表明だ。田舎の住人は長いこと近くの郵便局まで郵便物を取りに行かなくてはならなかったのが、それが一八九六年、自宅まで無料で配達してもらえるようになったのだから。

ウェスト・ショア・フェリーボートはいまはなく、それに代わったのがリンカーン・トンネルである。田舎者が泊まるホテルがあるロングエイカー・スクエアは、一九〇四年、「ニューヨーク・タイムズ」がそこに本社をもってきたことで、名称はタイムズ・スクエアに変わった。この作品が発表されたのが一九一〇年なのに旧名称になっているのは、新名称はまだあまり定着していなかったことの証しかもしれない。


（青山南）

あさましい恋人

三千人の女性がビッゲスト・ストアでは働いていた。メイシーはその一人だった。齢は十八で、紳士用手袋の売り子だった。ここでメイシーは二種類の人間に詳しくなった——デパートで自分の手袋を買う男性たちと、不幸な男性のために手袋を買う婦人たちだ。人間という種についてのそんな広い理解に加えて、またべつな知識もメイシーは手に入れていた。二千九九九人のほかの女性たちが披露する知恵に耳を傾け、それらをマルタ島の猫のようにこっそりと用心深く頭のなかへ貯めこんできたからだ。きっと創造の女神が、メイシーには賢い相談相手はいないだろうと踏んで、助けとなる抜けめなさをほんの少々、美しさに混ぜてあげたのだろう、他の動物よりも貴重な毛皮を持つ銀ぎつねにずるさを授けたように。

そう、メイシーは美しかった。深い色のブロンドの髪をしていて、穏やかな物腰はショーウィンドウのなかでバターケーキをこしらえてみせる女性を思わせた。ビッゲスト・ストアではカウンターに立っていた。巻尺の上に手を乗せて手袋の大きさを測ってもらう者はみな、青春の女神ヘーベーを思い浮かべた。そして、あらためて見ては、どうやって知恵の女神ミネルヴァのような瞳を得たのだろうと不思議に思った。

フロアマネージャーが見ていないときは、メイシーはお菓子のトゥッティ・フルッティを口に入れた。見ているときは、雲でも見つめるように宙に目をやり、ものおもわしげな笑みを浮かべた。

これぞ、ショップ・ガールのほほ笑みである。避けることをお勧めしたい、もしもあなたが無感覚な心で身を固めているか、甘い飴玉やキューピッドのいたずらに慣れているのなら話は別だが。このような笑みは、メイシーの場合、休み時間のもので、営業用ではなかった。しかし、フロアマネージャーにもかれなりの笑みはある。デパートではシャイロック顔負けの金貸しだからだ。鼻をひくひくさせながら見回っているとき、その鼻はまるで金の匂いを嗅いでいるかのようだ。そして好色な目か「ゲス」の目で美しい女性を見る。もちろん、フロアマネージャーがみんなこんなふうなわけではない。数日前も新聞に八十歳を超えるフロアマネージャーの美談が出ていたではないか。

ある日のこと、アービング・カーターという、絵描きで、資産家で、旅好きで、詩人で、車所有者でもある男が、たまたま、ビッゲスト・ストアに入ってきた。彼のために付け加えておくと、自ら進んで来たわけではない。息子としての義務に首根っこをつかまれて店に引きずりこまれたのであり、母親のほうはうっとりとブロンズやテラコッタの彫像たちと戯れていた。

カーターはぶらぶらと手袋売り場のカウンターへむかい、浮いた時間をつぶすことにした。手袋が必要だというのは本当だった、着けてくるのを忘れてきたのだから。しかし、彼のこの行動にそんな弁解は不要だろう、なにしろ、手袋売り場のカウンターが恋の戯れの場になっていることなど、カーターは知りもしなかったのだから。

カーターはおのれの運命に近づくにつれて、とまどった。突然、キューピッドのあまり立派とは言えない仕事が思いがけなくも展開されていることに気がついたのだ。三人か四人の安っぽいけばけばしい身なりの男たちがカウンターに寄りかかって、仲介役の手袋をいじくりまわしている。そして、くすくす笑いの女性店員たちが明るく調子を合わせ、きゃあきゃあと艶めかしい声を響かせている。カーターは引きかえしたかったが、手遅れだった。メイシーがカウンターの向こうから物問いたげに見つめていたのだ、その瞳は冷たくて、美しくて、暖かみのある青で、さながら南の海に漂う氷山を照らす夏の太陽の輝きだった。

絵描きで資産家でその他もろもろであるアービング・カーターは、おのれの貴族的な青白い顔がパッと赤らむのを感じた。しかし、気後れしたのではない。赤くなったのは知性に由来した。くすくす笑いの女性たちをカウンターで口説くそこいらにうじゃうじゃいる若者といま自分は同列なのだ、と瞬時に理解したのだ。そして、手袋売り場の女性店員のご機嫌をとろうという欲望をもった場末のキューピッドたちのオーク材の逢い引きの場に、自分も寄りかかった。もはや、そのへんにいるビルやジャックやミッキーと変わりなかった。急に、彼らにたいしておおらかな気持ちになってい た。有頂天になって勇敢にも、これまで自分が受け入れてきたさまざまな因習をさげすんでいた。目の前のこの完璧な生き物をわがものにするのだ、とためらうことなく決心していた。

手袋の支払いと包装が済んでも、カーターはぐずぐずと居残っていた。メイシーの淡紅色の口の端のえくぼが深くなった。手袋を買った紳士はみんなこうして居残るのだ。メイシーは腕を曲げ、神話の美少女プシュケーのように美しいそれをブラウスの袖からのぞかせ、ひじを陳列棚の隅に乗せた。

カーターは生まれてこのかた、完全な主導権を握っていない状況に遭遇したことがなかった。しかしいまは、そのへんのビルやジャックやミッキーよりも無様に突っ立っていた。このような美しい女性と交際する手がかりがまるでつかめない。懸命にシヨップ・ガールの性質や習慣を頭の中から探す。読んだり聞いたりして得た知識だ。そしてなんとか浮かんだのは、彼女たちは時にきちんとした紹介の手続きにはこだわらないというものだった。この可愛らしい汚れなき存在に因習から自由なデートを申し込むのだ、と思うと、心臓が大きく脈打った。しかし、激情が勇気をくれた。

親しげで当たり障りのない世間話を少しした後で、カーターは名刺をカウンターの彼女の手の脇に置いた。

「失礼をお許しください」カーターは言う。「ずうずうしいかもしれません、でも、あなたともう一度お会いする喜びをぜひとも与えていただきたいのです。ここに私の名前が書いてあります。心からの最大の敬意をもってお願いします、ぜひあなたのお友──お知り合いになりたいです。その栄誉にあずかれないでしょうか?」

メイシーは男というものを知っていた──とくに手袋を買いに来るような男のことは。遠慮なくカーターを見つめる瞳は率直で、ほほ笑みがあった。メイシーは言った、「いいわよ。あなた、いい人そうだもの。でも、ふつうは知らない殿方とはお出かけしないのよ。レディらしくないから。いつまたお会いします?」

「できるだけ早く」カーターが言った。「もしもお宅へお伺いしてもいいということでしたら──」

メイシーは歌うように笑った。「まあ、やだ、だめよ！」ときっぱり言った。「私たちの家を見るなんて！　三部屋に五人いるのよ。殿方のお友だちを連れてきたら母はいったいなんと言うかしら！」

「だったら、どこでもいいです」恋するカーターは言った。「あなたに都合のいい場所で」

「じゃあ」とメイシーは名案が浮かんだという表情を薄桃色の顔に見せて言った。「木曜の夜がいいわ。八番街、四十八丁目の交差点に七時半に来て。その近くに住んでいるの。でも十一時には家に戻らなきゃいけない。十一時過ぎに外にいるのは母が許してくれないから」

カーターは大喜びでデートの約束をすると、母のもとへ急いだ。母もまた、女神のディアナのブロンズ像を買ってもいいか、意見が聞きたくて息子を探していた。

小さい目をした反り鼻の女性販売員がメイシーの近くに寄ってきて、親しげにふくみ笑いをした。

「金持ちをひっかけたの、メイシー」なれなれしく訊いてきた。

「あの紳士、お宅におうかがいできますかだって」メイシーは言い、偉そうにカーターの名刺を胸元のポケットにしまった。

「お宅におうかがいできますかだって！」小さい目が鸚鵡返しに言い、くすくす笑った。「ウォルドーフ・ホテルで食事をしてその後は車でドライブをとか言われた？」

「あら、やめてよ！」メイシーはうんざりして言った。「あんたって、すぐ話をふくらますけど、そんなことないよ。あんた、すっかり浮かれちゃったんじゃないの、消防車の運転手に中華屋さんへ連れてかれてから。ううん、ウォルドーフなんて言わなかった。でも、名刺は五番街の住所だったから、もし夕食に連れていってくれるとしたら、注文をとりにくるウェイターは弁髪じゃないと思う、ぜったい」

カーターはビッゲスト・ストアを母親とともに乗り心地のよい自動車で後にしながら、鈍い胸の痛みに唇をかんだ。恋に落ちたのは二十九年生きてきて初めてだった。恋の相手はいとも簡単に通りの角で会う約束をしてくれたが、それが望みへの第一歩とはいえ、不安に苛まれた。

カーターはショップ・ガールというものを知らなかった。彼女らの家がしばしば家とは呼べないような小さい部屋か、親類一族であふれんばかりの住居であることを知らなかった。通りの角が居間で、公園が客間で、大通りが散歩する庭なのだとは。そのくせ、その大半が、タペストリーの飾られた私室に暮らす奥方に勝るとも劣らず、気位が高いのだ。

ある夕暮れ、初めて会った日から二週間後、カーターとメイシーは腕を組んで小さな、薄暗い公園を歩いていた。ベンチが木の影に覆われた人目のつかないところにあるのを見つけ、座った。

初めて、カーターはそおっとメイシーに腕を回した。メイシーの黄金のブロンズの頭がゆるりと滑ってカーターの肩に落ちついた。

「ああ！」メイシーは嬉しそうにため息をついた。「どうしてもっと早くこうしてくれなかったの？」

「メイシー」カーターの声は真剣だった。「ご存知でしょう、僕はあなたを愛している。お願いです、僕と結婚してください。もう僕がどんな人間かはわかったでしょう、なんの疑いもないほどに。あなたがほしい、ぜったいほしい。住んでいる世界の違いなど気にしません」

「なにが違うの？」メイシーは好奇心から訊いた。

「ええ、違いなどありません」カーターは慌てて言った。「あると言うのは愚かな人たちだけです。僕にはあなたに豪華な暮らしを差しあげるだけの力があります。社会的地位は問題ないし、資産だってたっぷりありますから」

「みんなそう言うわ」メイシーは答えた。「みんながそういう冗談を言う。本当はデリカッセンで働いていたり競馬で生活していたりするんでしょうね。わたし、見た目ほど初《うぶ》じゃないのよ」

「証明ならいくらでもできます」カーターはやさしく言った。「あなたがほしいんです、メイシー。一目見た時から好きになった」

「みんなそうよ」メイシーは言って、愉快そうに笑った。「言うことは一緒。三目見た時に好きになってくれる人がいたら、夢中になるかもよ」

「そんなことを言わないでください」カーターは懇願した。「聞いてください。目と目が合ったその時から、この世で僕にとっての女性はあなただけになった」

「まあ、冗談ばっかり！」メイシーはほほ笑んだ。「どれだけの女性にそういうことを言ってきたの？」

しかし、カーターはあきらめなかった。そしてついに、ショップ・ガールのかよわく揺らめく小さな魂に、その麗しい胸の奥底にあるものに触れた。彼の言葉が、軽さを一番の強固な鎧にしているその心を射貫いた。メイシーはカーターをじっと見上げた。冷たい頬に赤みがさした。震えながら、おごそかに、彼女は、蛾が羽を閉じるようにして、愛の花の上にとまろうとしていた。人生のほのかな光、手袋売り場のカウンターの外にあった希望が彼女の上に差しはじめた。その変化にカーターは気づき、

《フラットアイアン・ビル》
1903年 アルフレッド・スティーグリッツ

《夕方、ニューヨーク、冬》 1900年 チャイルド・ハッサム

《ショップ・ガールたち》 1900年頃 ウィリアム・グラッケンズ

《新聞売りの少年、ユニオン・スクエア、一九一〇年七月》
1910年 ルイス・ハイン

《六時、冬》 1912年 ジョン・スローン

《選挙の夜、タイムズ・スクエア》 1906年 ジョージ・ベローズ

《五番街、ニューヨーク》 1909年, 1911年 ジョン・スローン

《ニューヨークの横丁》 1899年 エヴェレット・シン

《ニューヨークのダウンタウン》 1910年 ジョン・マリン

《画廊のショー・ウィンドウ》 1907-1908年 ジョン・スローン

《六番街と三十丁目の角》 1907年 ジョン・スローン

《ワシントン・スクエア（公園の休日）》 1913年 ウィリアム・グラッケンズ

《吹雪、マディソン・スクエア》 1890年頃 チャイルド・ハッサム

《フェリーの航跡》 1907年 ジョン・スローン

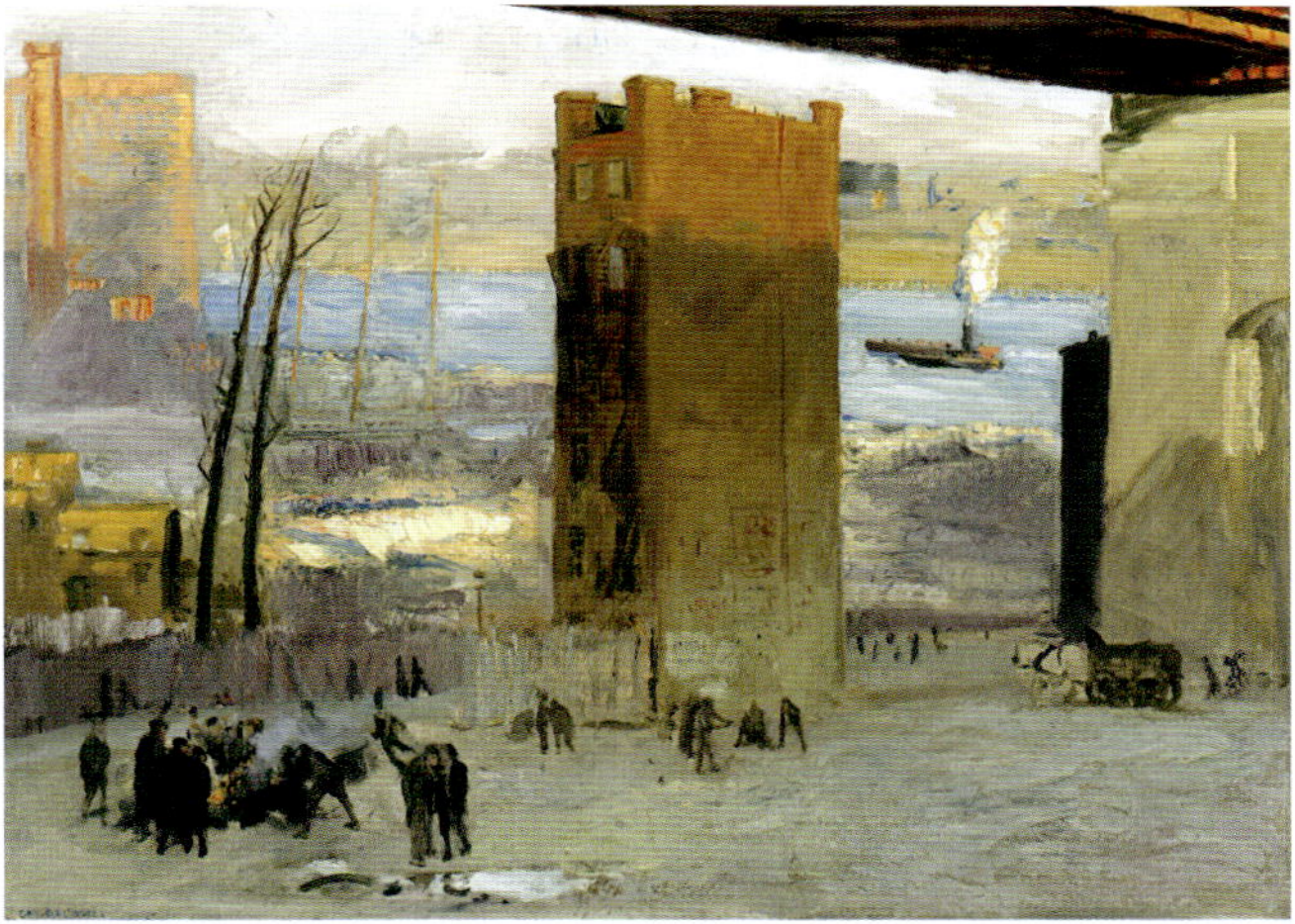

《ぽつんと立つアパート》 1909年 ジョージ・ベローズ

《冬一五番街》 1905年 アルフレッド・スティーグリッツ

Ｏ・ヘンリーの作品でしょっちゅう言及されるコニー・アイランドはブルックリンの南の岸辺一帯の地名だが、二十世紀初頭、そこは絢爛豪華な遊園地になっていた。スティープルチェイス・パーク、ルナ・パーク、ドリームランド・パークと、巨大なテーマパークが三つもあり、週末ともなるとニューヨーカーたちが何万人と押しかけていた。

この作品の最後にあらわれるコニー・アイランドはルナ・パークのことである。そこにはゴンドラもあるヴェネチア風の都市、日本の庭園、エスキモーの村、オランダの風車、アイルランドの村など、異世界がひしめきあい、夜ともなると二十五万個の電灯が魔法の空間を演出していた。

メイシーが勤めているビッゲスト・ストアはデパートである。デパートに勤める女性、いわゆるショップ・ガールをＯ・ヘンリーはよく描いたが、当時の若い女性のあこがれの職業のひとつだった。

固有名詞となっている「ビッゲスト・ストア」は普通名詞として訳せば「一番大きな店」だが、この作品が発表された頃ニューヨークで一番大きなデパートは「メイシーズ（Macy's）」。Ｏ・ヘンリーは、洒落っ気を発揮、それと同じ音をもつ名前をヒロインの名前（Masie）にしたのである。

（青山南）

20世紀初頭のコニー・アイランド。ドリームランド（上）やルナパーク（下）といった別世界がひろがっていた

「ビッゲスト・ストア」のデパートだったメイシーズ

ティルディの短いデビュー

ボーグルズ・チョップハウス&ファミリーレストランを知らないとしたら、それは損である。というのも、あなたが幸運にも贅沢な食事をしている人であるなら、残りの半数の人々がどんなものを食らっているかに興味を持つべきだからだ。また、あなたがその残りの半数のひとりで、いつも伝票が死活問題になっているのだとしたら、ボーグルズは知っておいたほうがいいからだ。なにしろ、そこでは払っただけのものは得られるから——少なくとも量的には。

ボーグルズは市民階級のハイウェイ、ブラウンとジョーンズとロビンソンが行く大通りとも言うべき、八番街にある。[*1] 店内は、テーブルが二列で、一列が六卓だ。各テーブルには調味料立てがあり、香辛料や薬味の容器がのっている。コショウの容器からは、振ると、味がない憂鬱ななにかがもうもうと噴き出てくるかもしれないが、まるで火山灰だ。塩の容器からは、なにも期待できない。青白いカブから血のような赤い液体を絞りだすことができる人でも、ボーグルズの容器から塩を出すとなると、その異能もまず発揮できまい。また、すべてのテーブルに鎮座しているのはまがいものありがたいソースで、「インドの貴族のレシピ直伝」とか謳われている。

レジにすわっているのは店主のボーグルで、冷酷に、強欲に、時間をかけて、鬱屈した表情で、金を徴収している。爪楊枝の山のうしろで、釣り銭を用意し、伝票を整理し、ガマガエルのように、天気にかんする言葉を吐き出してくる。その気象学的主張には、うなずく程度にとどめ、下手に口は出さないほうがいい。ボーグルの友達ではないのだから。食べさせてもらっただけのつかのまの客で、つぎに会うのはせいぜい大天使ガブリエルが晩餐のラッパを吹くときだろう。ほれ、釣り銭をもらって、さっさと行け——なんなら悪魔のところへでも。そんなところがボーグルの気持ちだ。

ボーグルズの客の要望にこたえるのは、ふたりのウェイトレスと「声」だった。ウェイトレスのひとりはアイリーンといった。背が高く、美しく、いきいきとして、感じがよく、軽口を叩くのにも長けていた。彼女の別名？　ボーグルズでは別名など、フィンガーボウル同様、必要ない。

もうひとりのウェイトレスはティルディといった。マチルダではだめかって？　ここはどうか黙ってお認めいただきたい——ティルディ——ティルディだ。ティルディはずんぐりむっくりののっぺり顔で、それはもうしきりに、お客を喜ばせよう、喜ばせようとしていた。この最後のくだり、ぜひ心の中で一、二度復唱していただき、繰り返しになっているところを玩味してほしい。

ボーグルズの「声」は姿を見せなかった。出どころは厨房で、独創性という点では輝きがなかった。野蛮人の「声」で、料理についてウェイトレスが発する叫びをただむなしく繰り返すばかりだった。

アイリーンは美しかった、ともう一回聞かされるのはうんざりだろうか？ でも、もしも彼女が数百ドルもする服を身にまとい、イースターのパレードにでも参加していたら、その姿を見た者はだれしもおのずとそう口にしていたろう。

ボーグルズの客は彼女の虜だった。満席の六卓を同時に給仕することもあった。急ぎの客は、きびきびと動く優雅な姿をじっと見つめるという喜びだけで、いらいらした気持ちを抑えられた。食事が済んだ客は、彼女の笑顔に照らされていたいがために追加注文をした。そこでは誰もが――ほとんどが男だが――彼女に自分を印象づけようとしていた。

アイリーンは一ダースの客と軽妙なやり取りを同時にすることができた。そして彼女の笑顔は、散弾銃から放たれる弾のごとく、放った数だけハートを撃ち抜いた。しかもそのあいだにも、驚くような芸当で注文に対応していた。ポーク・アンド・ビーンズ、ポットロースト、ハムやソーセージ添えのパンケーキ、量はさまざまの鉄板料理、鍋料理、単品、付け合わせ。こうした歓待と、戯れと、愉快なウィットのやりとりのおかげで、ボーグルズはほとんどサロンのようになっていて、アイリーンが[*2]レカミエ夫人だった。

一見《いちげん》の客たちが魅惑的なアイリーンにうっとりしているとしたら、常連客たちは彼女の崇拝者だった。その多くは、たがいに激しいライバル関係にあった。その気になれば、アイリーンは毎晩でも婚約できたろう。少なくとも週に二回は、だれかが彼女を劇場かダンスに連れていった。彼女とティルディが密かに「ブタ」と名付けていた肥った男は、トルコ石の指輪をプレゼントした。「新参者《フレッシー》」として知られる、鉄道会社の修理ワゴンに乗る男は、兄が九番街で輸送業務の契約を取り付けたらすぐにもプードルを贈る、と言っていた。いつもスペアリブとホウレン草を食べ、自分は株式仲買人だと言っている男は、一緒に[*3]「パルジファル」に行こうと誘った。

「パルジファルってどこなのか知らないんだけどね」アイリーンはティルディと相談しているときに言った。「でも、まずは結婚指輪よね。旅行用のドレスに一針入れる前に——そうじゃない？　ねえ、そうでしょ！」

しかし、ティルディは！

湯気が立ちのぼり、やかましく、キャベツの香りがするボーグルズには、胸を痛める悲劇といえるものがあった。団子鼻で、干し草色の髪で、そばかすだらけの肌で、食べ物が詰まった体型のティルディには、いまだかつて賛美者がいなかったのだ。彼女がレストラン中を動き回っても、目で追う男はゼロで、ときたま、獣のように食べ物に飢えた者が睨みつけるだけだった。楽しそうに冷やかしてはきわどいウィットのやりとりをする者はいなかった。アイリーンにやるように、うるさく「いじって」、朝食の卵がなかなか来ないと、遅くまでうらやましい御身分の若い男と一緒にいたんだろうなどと責める者はいなかった。トルコ石の指輪をくれる者も、謎めいた遠い「パルジファル」への旅に誘う者もいなかった。

ティルディは有能なウェイトレスだったから、男たちも我慢していた。彼女のテーブルに座ってしまったときは、献立表に書かれた言葉を手短に告げると、あとは、ハチミツか何かで味付けしたような口調で声をはりあげ、麗しいアイリーンに雄弁に話しかけた。椅子の中で身をよじって、迫ってくるティルディのまわりや向こうに目をやった。そうすれば、アイリーンの美貌が薬味となって、ベーコンエッグも神々の食べ物にでも変わるかのように。

そして、ティルディはといえば、誰にも口説かれずにせっせと働いていることに満足していて、アイリーンがおだてられて敬われていさえすれば、それでよかった。団子鼻は鼻筋の通った低いギリシア鼻に忠実なのだった。彼女はアイリーンの親友だったのだ。アイリーンが男たちのハートを支配して、湯気の立つポットパイやレモンメレンゲに男たちの関心を向けさせないのを見てうれしかった。しかし、そばかすと干し草色の髪の奥深くでは、どんなに不器量な者とて、王子様やお姫様が、ほかのだれでもなく、自分ひとりのところにやって来ることを夢見ているものである。

アイリーンがうっすらとあざのできた目で軽やかにやってきた朝があったが、ティルディはどんな目の傷も治ってしまうような気遣いをみせた。

「新参者の奴だよ」とアイリーンは説明をはじめた。「昨日の夜、家に帰るときに二十三丁目と六番街の角にいたらね。気取って歩いてんだよ、あいつが。それでこっちに向かってきたの。あたしは断ったわ、きっぱり。そしたらこそこそしはじめたんだけど、十八丁目までついてきて、また暑苦しいこと言うわけ。まったく！　でも一発ばちっとはたいたんだ、あいつの横っ面を。そしたらあたしの目をこうしてくれた。これ、かなりひどい感じかな、ティル？　ニコルソンさんに見られちゃうなんて最悪、十時に紅茶とトーストを食べに来るのに」

ティルディは息をのみ、感嘆して、その武勇伝を聞いた。男に追いかけられたことなどいまだ一度もなかったからだ。二十四時間、いつ出歩いても安全だったからだ。すごく幸福だったにちがいない、男に追いかけられて、愛ゆえに目のまわりにあざをつけられるなんて！

ボーグルズの客のなかに、シーダーズという、洗濯屋で働く若い男がいた。シーダーズ氏は痩せぎすの明るい色の髪の持ち主で、いましがたざっと乾かされて糊付けされたような雰囲気をいつも漂わせていた。あまりに内気なため、アイリーンの気を引こうという勇気はなかった。だから、たいていティルディのテーブルにつき、ひたすら黙々と茹でた魚に集中するのだった。

ある日、ディナーにやって来たシーダーズ氏は、すでにビールを飲んできていた。レストランには二、三人の客しかいなかった。シーダーズ氏はいつもの魚をたいらげると、立ち上がり、腕をティルディの腰にまわし、派手にぶしつけにキスをし、通りへ出ていき、洗濯屋があるほうに向けて指を鳴らし、スロットマシーンで遊ぶためにゲームセンターへとさっさと立ち去った。

しばし、ティルディは固まって立ちつくした。やがて気がつくと、アイリーンがいたずらっぽく人差し指を振って、こう言っていた。

「まあ、ティルったら、いけない娘《こ》！　なんかこわいことしそう、こっそりと！　まずはあたしの男を何人か奪っていくんじゃないの。見張っていないと、ああ、こわ、お嬢さま」

正気を取り戻すにつれ、ティルディは認識を新たにした。自分は、一瞬のうちに、どうしようもない下っ端の賛美者という地位から強大なアイリーンに並ぶ女へと昇格したのだ、と。いまや魔性の女、キューピッドの標的、征服者ローマ人の宴の席でなまめかしくふるまうサビーニ人の女になったのだ、と。男にとって、この腰は手に入れたいもの、この唇はぜひとも奪いたいものになったのだ、と。いきなり、恋するシーダーズが、いわば、彼女にたいして、奇跡ともいえる洗濯仕事を即日でやってのけたのである。彼女の不器量という粗い麻布を預かると、それを洗い、乾かし、糊をつけ、アイロンをかけて、刺繍入りの薄い滑らかで上等な綿布に変えたのである——ヴィーナスの衣に。

ティルディの頬のそばかすは薔薇のように上気した肌のなかに溶けていった。いまや妖婦キルケと美少女プシュケーがそろってきらきら輝く目からのぞいていた。アイリーンでさえ、店内でおおっぴらに抱かれたり、キスされたりしたことはなかったのだから。

ティルディはこの嬉しさを秘密にしておけなかった。お客が少なくなると、ボーグルの机の前に行った。目は輝いていた。言葉が、鼻にかけた、自慢気な響きにならないように気をつけた。

「今日、男の人に襲われちゃったんです」彼女は言った。「腰を抱いて、キスしてきたんです」

「そうか」ボーグルは言い、商売の防護箱をがしゃがしゃと開けた。「来週から給料を一ドル上げよう」

　つぎの食事時になると、ティルディは馴染みの客の前に料理を置くたび、控え目に、まるで自分の魅力についてはあえて強調するまでもないかのような顔で、こう言った。

「今日、店で男の人に襲われちゃった。腰に腕をまわして、キスしてきた」

　客たちはその衝撃の告白をさまざまに受けとめた――疑う者、祝う者、これまではアイリーンだけに向けてきた冷やかしを彼女に浴びせる者。そして、ティルディの心は胸のなかでぐんぐん膨らんでいった。長いこと旅してきた灰色の平原の地平線に、とうとう、ロマンスの塔の立ち上るのが見えてきたのだから。

　二日間、シーダーズ氏は姿をみせなかった。そのあいだに、ティルディは求愛される女としての地位を着実に築いた。リボンを買い、アイリーンのヘアスタイルを真似、ウエストを二インチ（約五センチ）絞った。ぞくぞくわくわくする不安も湧きあがってきて、そのうちとつぜん駆け込んできたシーダーズ氏にピストルで撃たれるんじゃないか、と心配になった。わたしを愛して絶望的になっているにちがいない、と。衝動的な愛に駆られた者はつねに闇雲に嫉妬するものだから、と。

アイリーンですらピストルで撃たれたことはなかった。だから、ティルディは彼に撃たれたくなかった。アイリーンにいつだって忠実だったのだ。親友を日陰に追いやりたくなかった。

三日目の午後四時、シーダーズ氏がやって来た。テーブルに客はいなかった。店の奥で、ティルディはマスタードの瓶を詰め替えていて、アイリーンはパイを四つに切っていた。シーダーズ氏は彼女たちのところへ歩いてきた。

ティルディは顔を上げて彼を見た。息が詰まり、マスタードのスプーンを心臓に押しあてた。髪には赤いリボン。首には八番街のヴィーナスのしるしである、銀のハートが揺れる青いビーズのネックレス。

シーダーズ氏は顔を赤らめていて、きまり悪そうだった。片手を尻ポケットに、もう片方はできたてのパンプキンパイに突っ込んだ。

「ティルディさん」彼は言った。「先日の夜にしたことを謝りたいです。実を言うと、すごく酔ってました、そうじゃなければあんなことはしません。素面だったら、女性にあんなことはしません。だからお願いです、ティルディさん、私の謝罪を受け入れてください。自分のやっていることがわかっていたら、飲んでいなかったら、あんなことはしませんでした」

この立派な弁解を終えると、シーダーズ氏はうしろに下がり、立ち去った。償いは済んだという思いで。

しかし、すぐそばにあった衝立の陰では、ティルディがテーブルのバター皿とコーヒーカップのあいだにばたっと突っ伏し、泣き崩れて心をさらけだしていた——団子鼻と干し草色の髪の人々が旅するあの灰色の平原にふたたび戻っていた。赤いリボンを結び目からむしり取り、床に放り投げた。シーダーズを徹底的に軽蔑した。彼のキスを、止まっていた時計の針を動かし、おとぎの国へとページを進める、開拓者で予言者たる王子様のキスだと彼女は思ってしまっていたのだった。しかし、あのキスは酔った勢いのもので、なんの意味もなかったのだ。偽の信号では宮廷は目覚めなかった。彼女はいつまでも眠り姫でいるにちがいない。

とはいえ、すべてが失われたわけではなかった。アイリーンの腕が彼女をつつんだ。バター皿のあいだをまさぐっていたティルディの赤い手はやがて親友の温かい手に握られた。

「泣くことないよ、ティル」アイリーンは言った、すべてがわかっているわけではなかったが。「あんなカブみたいな顔の、ちっぽけな洗濯バサミのシーダーズなんか、泣く価値ないって。あれはまったく紳士じゃないね。紳士だったら、謝りになんか来ないよ」

＊1　十九世紀半ばにイギリスで刊行されたリチャード・ドイルのユーモラスな画文集『ブラウンとジョーンズとロビンソンの外国旅行』を踏まえたもの。その三人はベルギーやドイツやスイスやイタリアを旅して、市井の庶民とにぎやかに交流する。
＊2　十九世紀前半のフランスで、多くの文化人や政治家が集うサロンを主宰していた女性。
＊3　リヒャルト・ワーグナー作の楽劇。一九〇三年にニューヨークで初めて上演された。

冒頭で「残りの半数の人々」という言葉が繰り返されているが、これはジェイコブ・A・リースが一八九〇年に出版して大変に話題を呼んだルポルタージュ『残りの半数の人々はどのように暮らしているか』からとってきたものだ。

当時のニューヨークでは、人口の増加に伴い、住環境の悪化が問題になっていて、とくに、急激に増えてきた移民たちは厳しい生活を強いられ、「テネメント」

『残りの半数の人々はどのように生きているか』

と呼ばれる粗悪な共同住宅に押し込められていた。

リースはデンマークからの移民で、一八七〇年、二十一歳のときにニューヨークに来て当初は住む場所もないような生活に苦しんでいたが、やがてジャーナリストとしてのキャリアをスタートさせ、「ニューヨーク・トリビューン」の記者になると、イタリア移民、中国移民、ユダヤ移民の生活の内側を取材した。その成果が先にあげた書である。多角的にスラムを論じた文章とともに、当時最新の技術だったフラッシュを用いた写真が強烈な印象を与えた。

リースの取材先はおもにロワー・イースト・サイドだったが、この作品の舞台となっている八番街のヘルズ・キッチンあたりもその頃はまだまだ貧しい区域だった。たとえば、「あさましい恋人」のヒロインがそのへんに住んでいた。しかし、そのヒロインにプロポーズする五番街という裕福な区域に暮らす金持ちの男には彼女のことはわからなかった、とO・ヘンリーはこう書いている。彼女もまた「残りの半数の人々」のひとりであるかのように。

「彼女らの家がしばしば家とは呼べないような小さい部屋か、親類一族であふれんばかりの住居であることを知らなかった。通りの角が居間で、公園が客間で、大通りが散歩する庭なのだとは」

（菅野楽章）

ひとときの理想郷

ブロードウェイに、避暑地の斡旋業者にいまだ発見されていないホテルがある。そこは奥深く、広大で、涼しい。客室は低い温度の黒っぽいオーク材で仕上げられている。自家製のそよ風と深い緑の植込みが気持ちよく、アディロンダック山地（ニューヨーク州北東部の保養地）のように不便でもない。広々とした階段を上るのもいいし、天空に向かうようなエレベーターで夢見心地のうちに上昇し、真鍮のボタンのガイドにみちびかれてアルプス登山でも味わえないような安らかな喜びにつつまれるのもいい。調理場でシェフが用意しているものも、カワマスはホワイト山地（ニューハンプシャー州北部からメイン州にまたがる保養地）のものより上等だし、シーフードもオールド・ポイント・コンフォート（ヴァージニア州南東部の海辺の保養地）の連中が嫉妬しそうなものだし――「うんにゃ、すんごい！」――、メイン州産の鹿肉には禁猟区の監視員の融通のきかない心だってとろけてしまうだろう。

七月のマンハッタンの砂漠で、このオアシスを見つけ出すひとはほんのわずかしかいない。そのひと月、ホテルの数少ない客たちは、天井の高いダイニングルームの涼しげな薄明かりのなか、贅沢に散らばってすわり、ひとのいないテーブルが白く雪だまりのようにぽつぽつと広がっているのをながめながら、おたがいに視線を交わし、静かに祝い合う。

過剰なくらい多い、絶えず様子をうかがっている、音もたてずにするすると動く給仕たちがつねにそばにいて、なにも言われないうちからすべての要望にこたえる。気温は永久的に四月である。天井に描かれた水彩画は夏の空を模し、そこにただよう優雅な雲は自然界でのように惜しくも消えてしまうということがない。

遠くから届く、楽しげなブロードウェイの喧騒は、幸福な滞在客の頭のなかでは、心地よい響きで森を満たす滝の音に変わる。耳馴れない足音がすると、そのたびに客たちは不安げに耳をそばだて、恐怖におびえる。この隠れ家が、自然の女神をうるさく追い回す騒々しい遊び人たちに見つかって侵略されたのではないかと。

このように、ひともまばらなこの隊商宿では、目利きたちのこの小さな一団が、熱暑の季節、警戒しながら身を隠し、芸術と技術が結集して提供する山や海の愉楽を心ゆくまで味わうのである。

この七月、ホテルにやって来たひとりの客がフロントに差し出した名刺には「マダム・エロイーズ・ダルシー・ボーモン」とあった。

マダム・ボーモンは、ここホテル・ロータスが喜ぶような客だった。上流階級の気品さはありながら、親しみやすい優しさをただよわせているので、ホテルの従業員たちは彼女の虜になった。ベルボーイは呼び鈴にこたえる栄誉を勝ち取ろうと競い合ったし、フロントは、所有権の問題がなければ、ホテルを丸ごと彼女に譲渡していただろう。ほかの客たちは、その女性としての孤高の美しさこそ、ホテルの雰囲気を完璧なものにする最後の一筆だと考えた。

このとびきり高級な客はめったにホテルを出なかった。その過ごし方はホテル・ロータスの見識ある常連客たちの習慣と一致していた。この甘美な宿を満喫するには、街など何リーグも先にあるかのように捨ててしまわねばならない。夜に近くの屋上へ遊びに行くくらいはいいが、灼熱の日中にはロータスの日陰の要塞にとどまるのである。鱒がお気に入りの淵の清澄な聖域でじっとしているようにだ。

ひとりきりでホテル・ロータスにいたとはいえ、マダム・ボーモンの女王という地位は揺るがず、孤独はその身分の高さゆえだった。十時に朝食をとったが、その姿には落ち着きがあり、麗しく、悠々とした、繊細さがあって、薄暗がりのなか、黄昏に咲くジャスミンの花のように、やわらかな輝きをはなっていた。

しかし、夕食の時間こそ、マダムの輝きが頂点に達するときだった。彼女が身にまとうガウンは、山峡の人目につかない瀑布から漂う霧のごとく、美しく幻のようだった。このガウンがどのような名称であるかは、筆者には想像もつかない。いつも、淡い赤色のバラが、レースで飾られた胸元に添えられていた。給仕長が畏敬の念をもって見つめ、直々に扉で出迎えてくれるようなガウンだった。それを見た人は花の都パリを思い浮かべた。そしておそらく何人もの神秘に満ちた伯爵夫人たちを、さらにはきっとヴェルサイユ宮殿を、細身の剣《レイピア》を、大女優ミセス・フィスクを、赤と黒のトランプゲームを。ホテル・ロータスに広まった出所不明の噂によると、マダムはコスモポリタンで、そのほっそりとした白い手で、国と国とのあいだの糸を操り、ロシアに協力しているということだった。世界中を軽々と渡り歩く人物であるのなら、ホテル・ロータスという洗練された区域に、真夏を安らかに過ごすのにアメリカでもっとも望ましい場を見いだしたのも、さほど不思議な話ではなかった。

　マダム・ボーモンがホテルに滞在して三日目のこと、若い男がやって来て宿泊の手続きをした。服装は——よくある順序で特徴を話すなら——さり気なく流行をとらえていた。目鼻立ちはきれいに整っていた。表情は落ち着いて洗練された、世故に長けた男のそれだった。彼はフロントに三、四日滞在すると伝え、ヨーロッパの汽船の出航時刻について尋ねると、お気に入りの宿に着いた旅人の満足した様子で、比類なきホテルの至福の遊惰に身を沈めた。

その若い男は——記名の信憑性を問わなければ——ハロルド・ファリントンといった。彼はホテル・ロータスの孤高で穏やかな流れのなかにひどく如才なく静かに入っていったので、休息を求めに来ている仲間たちをおどろかすような波はひとつも立たなかった。ロータスで食事をし、かつてオデュッセイアの船乗りが蓮《ロータス》の実を食べて得た恍惚という効用もすこしいただいて、ホテルの幸運な船乗り仲間たちといっしょに至福の平穏へと安らかにみちびかれていった。そして一日のうちに、専用のテーブルとウェイターを得、さらには、ブロードウェイを騒がせている連中が一時の休息を求めてはあはあ言いながらすぐ近くにありながらも人目につかないこの安楽の地に飛びこんできてすべてを台無しにしてしまうのではないかという恐怖も、わがものにした。

ハロルド・ファリントンがやって来た翌日の夕食後、マダム・ボーモンが、帰りぎわ、ハンカチを落とした。ミスター・ファリントンは拾って渡したが、知遇を得たそうな大げさな素振りを見せたわけではなかった。

きっと、ロータスの見識高い客たちのあいだには神秘的な友愛の感情があったのだろう。きっと、極上の避暑地をブロードウェイのホテルに見つけ出した幸運を共有したということから、おたがいに引きあうものがあったのだろう。丁重で上品ではあったがよそよそしさからは抜けだしたがっているような言葉が、ふたりのあいだで交わされた。そして、本物の避暑地で絶好の雰囲気が生まれるときのように、親交が育ち、たちまち花咲いて実を結んだ。まるで奇術師の不思議な植物のようだった。しばし、ふたりは廊下の突き当たりのバルコニーに立ち、軽やかな会話のボールを投げ合った。

「いわゆる避暑地にはうんざりしますよね」マダム・ボーモンは言って、かすかながらも甘い笑みを見せた。「いったいなんの意味があるんでしょう、山とか海辺に行くのは街の騒音や埃っぽさから逃れるためだと言いますけど、そのふたつを作りだしている人たちも一緒についてくるんですから」

「海の上だってそうですよ」ファリントンは言って、淋しそうになった。「俗物たちがついてきます。いまや最高級の客船もフェリーと変わりない。避暑地に向かう客たちには気づかれないことを願うばかりです、サウザンド諸島やマキノー島（ともに五大湖内の保養地）よりもこのロータスのほうがはるかにブロードウェイから遠く離れた別天地だってことが」

「ともかくわたしは、一週間は秘密のここを知られたくない」マダムは言い、ため息をついて微笑んだ。「もしこの大事なロータスにみんなが押し寄せてきたら、もうどこへ行ったらいいかわかりませんから。心地良く夏を過ごせる場所といったら、あとはひとつしか知りませんもの。ポリンスキー伯爵の城、ウラル山脈にあるんですが」

「バーデンバーデンやカンヌも今年はほとんど人が来ていないっていう話です」ファリントンは言った。「年々、いわゆる避暑地は評判を落としていますよ。きっと多くの人が、わたしたちみたいに、みんなから見過ごされている静かな隠れ場所を見つけようとしているんでしょう」

「あと三日です、わたしにとってのこの甘美な休暇は」マダム・ボーモンは言った。「月曜日にはセドリック号（ニューヨーク・ヨーロッパ間を運航していた豪華大型客船のひとつ）が出ますので」

ハロルド・ファリントンの目が露骨に悔しそうになった。「僕も月曜日に出ないといけないんです、外国に行くのではありませんが」

マダム・ボーモンは、外国人らしく、まるみを帯びた肩を片方だけすくめた。

「ここに永遠に隠れているわけにもいかないんですよ、そうできたら素敵なんですけど。館《シャトー》はもう一ヶ月以上もわたしを待っているんです。パーティをいくつも主催しなきゃいけないんですよ——ほんとわずらわしい！　でも、ホテル・ロータスのこの一週間はけっして忘れませんわ」

「僕も忘れません」ファリントンは低い声で言った。「それと、セドリック号をいつまでも恨めしく思うことでしょう」

日曜の晩、あれから三日たち、ふたりは同じバルコニーの小さなテーブルに座っていた。慎み深い給仕が氷菓とクラレットカップ（ボルドーの赤ワインに炭酸水やブランデーやレモン汁や砂糖を加えて冷やしたもの）の小さなグラスを持ってきた。

マダム・ボーモンは毎日の夕食のときに着ていたのとおなじ美しいイブニングガウンを着ていた。なにかじっと考えているように見えた。テーブルの上に置かれた手のそばには、帯飾り鎖のついた小さなポーチがあった。氷菓を食べると、彼女はポーチをあけて一ドル札を取り出した。

「ファリントンさん」彼女は言い、ホテル・ロータスがひれ伏してきた笑みを見せた。

「お話ししておきたいことがあります。わたし、明日は朝食の前に出ていきます、仕事に戻らないといけないので。わたし、ケイシーズ・マンモスストアの靴下売り場で働いているんです、休暇は明日の八時でおしまいです。これが最後の一枚なんです、次の土曜の夜に八ドルのお給料をもらうまで。あなたは本物の紳士です、わたしによくしてくださいました、だから出ていく前にお話ししておきたかった。

「一年間ずっとこの休暇のためだけにお給料を貯めてきました。せめて一週間でいいから貴婦人のように過ごしてみたかったんです。好きなときに起きてみたかった、毎朝七時にベッドから這い出なきゃいけないんじゃなくて。最高のものを食べ、給仕をしてもらい、呼び鈴を鳴らしてものを頼むようなことをしてみたかった、お金持ちの人たちがしてるみたいに。それができました、一度は人生で味わってみたいと思っていた最高に幸せな一時《ひととき》でした。また仕事に戻りますけど、これから一年あのちっぽけな部屋で満足できそうです。このことをお話ししておきたかったんです、ファリントンさん、だってわたし――わたし、あなたがどこかわたしを気に入ってくださっていると思いましたし、わたし――わたしもあなたを気に入ってましたから。でも、ああ、ずっと騙しつづけるしかなかったんですよ、だって、ぜんぶがわたしにはおとぎ話みたいなものでしたから。だから、ヨーロッパのことや、本で読んだ国のことを話して、わたしが立派な貴婦人であるかのように思わせていた。

「わたしが着てるこのドレスも――これ一着きりですよ、この場にふさわしいのは――オダウド&レヴィンスキーで分割で買いました。

「値段は七十五ドルで、仕立ててもらいました。頭金で十ドル払って、あとは払い終えるまで毎週一ドル集金されることになっています。お話ししなきゃいけないのはこんなところかしら、ファリントンさん。ちなみに、わたしの名前はメイミー・シヴィターですよ、マダム・ボーモンではありません。親切にしてくださって感謝していま す。この一ドルは明日のドレスの集金に払うお金です。そろそろ部屋にもどりますね」

ハロルド・ファリントンは、ホテル・ロータスの最高に美しい客の告白を平然とした表情で聞いた。話がすむと、小切手帳のような小さな帳面を上着のポケットから取り出した。空欄に短くなった鉛筆でなにやら書き込み、それを破ると相手に渡し、先ほどの紙幣を取り上げた。

「僕も仕事に行かなくてはいけません、明日の朝には」彼は言った。「いや、いまから始めるのもいいかな。これ、領収書です、一ドルの。オダウド&レヴィンスキーで集金をしているんですよ、この三年。おかしな話だと思わない、あなたも僕もおなじ休暇の過ごし方を考えたなんて？　僕もずっと一流ホテルに泊ってみたかったんですよ、だから給料の二十ドルから貯金して、実行した。どうかな、メイミー、土曜の夜に船でコニー・アイランドに行かないか――どう？」

偽マダム・エロイーズ・ダルシー・ボーモンの顔が輝いた。

「ええ、もちろん行くわ、ファリントンさん。店は土曜日は十二時に閉まる。コニーならいいわよね、上流の人たちと一週間過ごしたあとでも」

バルコニーの下では、七月の夜のなか、暑苦しい街が唸り声をあげてざわめいていた。ホテル・ロータスのなかは、調整のきいた涼しげな影が支配し、細かな気遣いを見せる給仕が低い窓のそばを速歩で歩きながら、マダムとそのエスコートの合図に即座にこたえる態勢でいた。

エレベーターの扉のところで、ファリントンは別れのあいさつをし、マダム・ボーモンは最後の昇りへ向かった。だが、音ひとつ立てないエレベーターの箱に入る前、彼は言った、「『ハロルド・ファリントン』というのは忘れてくれる？——マクマナスが本名だ——ジェイムズ・マクマナス。ジミーって呼ぶやつもいる」

「おやすみ、ジミー」マダムは言った。

十九世紀末から、ニューヨークでは豪華なホテルが誕生しはじめた。先陣を切ったのはウォルドーフ・ホテルとアストリア・ホテルで、このふたつは後に合体してウォルドーフ・アストリア・ホテルになるが、なにより注目すべきは「夢」を体現する場としてのホテルという概念を提示したことだった。

二十世紀に入ると、そのようなコンセプトでつくられたホテルがつぎつぎあらわれる。時代のそんな空気をスティーブン・ミルハウザーは『マーティン・ドレスラーの夢』で描いている。葉巻商の息子として生まれたドレスラーは、ホテルでベルボーイの職に就くと、その商才を発揮し、やがて自らがオーナーとなって驚異的なホテルを世に送りだす。最終的には、ホテルを超越した「完結し、自己充足した世界」を生みだすことになるのだが、最初にオープンさせた「ザ・ドレスラー」のコンセプトは、この作品のホテル・ロータスと共通するところが多い。「マンハッタンのダウンタウンの喧噪から遠く離れた静かな隠遁地」と謳われ、「田舎のリゾート」をイメージさせる。壁には青い海や森の小径が描かれ、公園には人工の楡の木が植えられる。(柴田元幸訳)

この作品が発表された一九〇四年にはアスター・ホテルが、一九〇九年にはプラザ・ホテルが開業している。「芸術と技術が結集」してつくられた、いずれも「夢」の壮大な空間である。

ところで、メイミーという名前と彼女が勤めるケイシーズ・マンモスストアという名前を合わせると、当時のマンモスデパートであるメイシーズになる。

(菅野楽章)

別世界としての豪華ホテル。上はアスター・ホテル、下はプラザ・ホテル

すべてが備えつけの部屋

時そのもののように、休みなく、移ろいゆく、うたかたのような者たち、それがウェストサイドの南寄りの赤レンガ地区にいる大勢の人たちだ。百の家をもつ、家なき人々。すべてが備えつけの部屋から部屋へと渡り歩く、永遠の漂泊者たち——住処を漂い、心のなかを漂う者たち。「ホーム・スイート・ホーム（すてきな我が家）」をラグタイムで歌い、大事な家財を帽子箱にいれて持ち歩く。彼らの葡萄の蔓は帽子の飾りに絡みついている。鉢植えのゴムの木が彼らのイチジク[*1]の木だ。

だから、この地区にある、千の住人を抱える家々には、千のお話があるだろう。大方、退屈な話ばかりにちがいない。だが、放浪する客の跡を追う幽霊の一人や二人がそのなかに見あたらないとしたら、それもまたおかしな話だろう。

夕暮れを過ぎたころ、崩れかけた赤いアパート群のあいまをうろつく若い男が、ここそこのベルを鳴らしていた。十二軒目で、ほっそりした手さげ鞄を階段におろし、帽子のリボンと額の埃を拭った。ベルの音がかすかに、どこか遠くはなれた、がらんとした奥深いところで響いた。

ドアに出てきた、彼がベルを鳴らした十二軒目の家の管理人は、不健康な大食いの虫を思わせた。ナッツを空洞になるまで食い破ったいま、新たに食えそうな下宿人でその空洞を埋めようとしているような虫。

空き部屋があるかどうか、彼はたずねた。

「おはいり」管理人が言った。その声は喉を通ってきたが、その喉は毛皮でびっしり覆われているみたいだった。「三階の奥が一週間前から空いてる。見てみるわよね?」

若い男は彼女について階段をのぼった。どこからともわからない弱々しい明かりで廊下の闇は薄い。音もなく踏みしめる階段の絨毯は、編みあげた織機すら見向きもしないような代物だった。まるで腐った野菜で、悪臭たちこめる暗い空気のなかで退化して、さまざまな苔が繁茂したみたいになっている。それが階段のあちこちに生えていて、踏むとぐちゃりとする生きもののようだった。階段の曲がるところにはすべて壁龕《へきがん》があるが、どれも空っぽ。かつては草花が飾られていたのかもしれない。そうだとしたら、汚れた臭い空気にやられて死んでしまったのだろう。聖人の彫像が置かれていたということもありうるが、難なく考えられるのは、小さい悪魔や大きい悪魔に闇の中へと引きずりこまれて、はるか下の汚《けが》れた深みへ、すべてが備えつけられた地獄へと放りこまれたのだろうということだ。

「この部屋だよ」管理人が毛皮の喉から言った。「いい部屋なの。めったに空かないもの。去年の夏も、すっごくお上品な人を泊めていたんだからね——揉めごとは一つもおこさないし、きちきちと前払いしていた。水道は廊下の突きあたりね。スプロールズとムーニィも三カ月ここを借りてたわ、ヴォードヴィルで漫談をやってるとき。ミス・ブレッタ・スプロールズ——ほら、耳にしたことあるでしょうよ——じつは芸名だけど——ほら、ちょうどあのタンスの上に結婚証明書が額に入れて掛けてあったわ。ガス灯はこっちね、見て、クローゼットもたっぷり入る。誰だって気にいる部屋よ。ちょっとでも遊ばしておく暇もないくらいよ、ここは」

「劇場関係のひとによく貸してるんですか？」

「来ちゃあ、出ていく。うちのお客の大部分は舞台関係者だから。そうよ、ここは劇場街だからね。役者ってのはどこにも長居はしないものさ。うちもそのおこぼれに預かってるってわけ。そういうこと。来ちゃあ、出ていく」

彼はその部屋を借りることにして、一週間分を前払いすることにした。疲れているのですぐにも使いたい、と言った。お金を数えて渡した。部屋はいつからでも使えるよ、タオルや水まで用意はできているから、と彼女は言った。管理人が立ち去るとき、彼は口先まで出かかっていた質問を投げた、これでもう千回目だ。

「若い女の子――ミス・バシュナ――ミス・エロイーズ・バシュナ――そんな子をお客さんのなかで覚えていませんか？　舞台で歌っていました、たぶんですけど。きれいな子で、背は平均的でほっそりしていて、赤みがかった金髪で、左の眉のそばに黒子《ほくろ》があるんです」

「いや、そんな名前は思いだせないな。舞台のひとたちは、部屋も変わるけど、名前もよく変わるから。来ちゃあ、出ていく。だめだね、その名前に思い当たるものはない」

ない、だ。いつも、ない、だ。五カ月のあいだずっと尋ねつづけてきたが、きまって、ない、だった。多くの時間、昼間は、支配人やエージェントや養成所やコーラスガールたちに訊いてまわり、夜は、オールスターキャストものを演っている劇場の客から、探し求める人を見つけてしまうのが怖くなるぐらい低俗なミュージック・ホールの客にまで、せっせと訊いた。彼女を深く愛した彼はなんとかして見つけようとしてきた。故郷から姿を消したときから、川にはさまれたこの巨大な都市のどこかにいるという確信はあったが、ここは途方もなく大きな流砂のようなところで、なかの砂粒は絶えず移ろい、地盤もない。今日は地表近くにあった粒も、明日には軟泥やヘドロに埋まっている。

すべてが備えつけの部屋は、最新の客を迎え入れると、まずは熱烈に偽りの歓待の表情を見せた。疲弊して憔悴したおざなりの歓迎の顔で、まるで娼婦の愛想笑いだ。出所見せかけの安らぎを生んでいるのはそこかしこからの照り返しのほのかな光で、出所は、朽ちかけた家具、擦り切れた金襴の覆いをかぶったカウチと二脚の椅子、二つの窓に挟まれた幅一フィートほどの安っぽい姿見、それと、ひとつふたつの金箔の額縁、隅にある真鍮のベッドフレームだった。

客がぐったりと椅子に倒れこむと、部屋が、あたかも多様な声が入り混じるバベルの塔の一室であるかのように、さまざまな間借人のことを語ろうとした。

色数の多い一枚の敷物は、花々が眩しく咲く熱帯の矩形の小島みたいに、汚れたカーペットの波打つ海に囲まれている。派手な壁紙の壁にある数々の絵は家から家へと渡り歩く家なき人々を追いかけている――『ユグノーの恋人たち』、『初めてのケンカ』、『結婚披露宴』、『命の泉のプシュケー』。純朴なまでに簡素なかたちのマントルピースを辱《はずかし》めるように覆っているのはどこかセクシーな掛け布で、アマゾン族のバレエを踊る女の腰布みたいに、粋に斜めにずりおちている。その上にある寂しげなガラクタは、この部屋に漂着した者が運よく新しい港へ向かう船に乗せてもらえたときに置いていったものだ——つまらない花瓶が一、二個、女優の写真が数枚、薬の瓶が一個、ばらになったトランプが数枚。
ひとつひとつ、暗号の文字が明らかになっていくように、すべてが備えつけのこの部屋に滞在した一連の客たちの残したわずかなしるしが意味を紡ぎだした。ドレッサーの前の敷物が擦りきれているのは、美しい女性たちが何人も闊歩してきたことを物語っている。壁についた小さな指紋は、閉じ込められた子どもたちが太陽と空気を求めて手探りしていたことを伝えている。爆弾の炸裂痕みたいに飛び散った染みは、壁に投げつけられたグラスかボトルが中身もろともここで砕け散ったのだ、と証言している。姿見には、横いっぱいに、震えた文字で「マリー」という名がダイヤモンドで刻まれていた。まるで、すべてが備えつけのこの部屋に住んできた住人たちはつぎつぎと怒りに駆られ——ここの気色悪い冷たさにどうしようもなくそそのかされて——激情をぶちまけたかのようだった。家具は、削れて傷ができていた。カウチは、膨れあがったスプリングで変形し、おぞましいモンスターがなにかグロテスクな地殻変動の力で殺害されたかのようだった。大理石のマントルピースは、なにかもっと強大な隆起現象でその一部がばっさり殺ぎとられていた。床の板はどれも、おのおのが個別の苦しみでも抱えているみたいに、それぞれに泣き言をならべて悲鳴をあげていた。

信じがたいことだが、この部屋へのこういった敵意や傷害のすべては、一度はここを我が家と呼んだ者たちによって行使されたのである。しかし、我が家を持つという本能に裏切られるということがいつまでも続いてきたことが、不誠実な家庭の神々への憤懣やるかたない思いが、かれらを復讐に駆り立てたのかもしれない。我が家なら、われわれは掃除もして、飾り、大切にするものだ。

若い間借り人が椅子にもたれて、こういった思いが心のなかをヒタヒタと通り抜けてゆくのに身を任せていると、部屋には備えつけの音と備えつけの匂いが流れこんできた。ある部屋からはくすくす笑いと、だらしなくてしまりのない高笑いが聞こえた。ほかのいくつもの部屋からは自己反省の独り言や、サイコロが転がる音や、子守唄や、もの憂い泣き声。頭上からは、元気よくかき鳴らされているバンジョー。どこかでドアがバタンと閉まった。高架線を走る電車の音が断続的に轟いた。裏のフェンスで猫が惨めそうに鳴いた。それから彼は、家が吐く息を吸いこんだ——匂いというよりも、じめっとした味がついた臭気——あたかも地下の埋葬室からのぼってくるかのような冷んやりとしたカビの臭いが、リノリウムと白カビが生えて腐った木造部から出る悪臭と混ざり合っていた。

すると、とつぜん、休んでいる彼のいる部屋が強烈に甘いモクセイソウの香りでいっぱいになった。疾風《はやて》のごとく現れ、あまりにはっきりとして、香気あふれ、力強かったから、ほとんど生き霊のようだった。男は大声で叫んだ、「なんだい？」と、声をかけられたかのように、跳び上がってあたりを見回した。芳しい香りがまとわりつき、彼を包みこんだ。それに向かって、彼は両腕をいっぱいに伸ばした。時間の感覚がすべて混乱し、錯綜した。香りに強く声をかけられるなんてことがありうるか？もちろん、音がしたにちがいない。しかし、音だったら、触ってきたり抱擁したりはしないのでは？

「彼女がこの部屋にいる！」彼は叫び、証拠を摑みとろうとした。彼女のもの、彼女の触ったものなら、どんなに小さなものでもわかると思った。包みこんでくるこのモクセイソウの香り、彼女が大好きでいつもふりまいていたこの匂い——どこから来る？

部屋はおおざっぱにだが片付けられていた。ドレッサーの薄い掛け布の上にはヘアピン六本が散らばっていた——女性たちの控えめで特徴のない友だから、使ったのは女性ではあろう、しかし、どんな状態で使われたかは見当もつかない、いつ使われたのかもわからない。彼は無視した、まったくぜんぜん素性がわからないのだから。ドレッサーの引きだしをくまなく探すと、捨てられたボロの小さなハンカチが出てきた。

顔に押しあててみた。淫らで傲慢なヘリオトロープの匂いがした。床に放り投げた。ほかの段の引きだしには不揃いのボタンがいくつかと、芝居のプログラムと、質札と、はぐれたマシュマロ二つ、夢占いの本があった。最後の段には女性用の黒いサテンのヘアリボンがあり、それには引き留められて、氷と炎のあいだで迷った。しかし、黒いサテンのヘアリボンも女性たちの慎ましやかで個性のないありふれた装身具で、素性は語ってはくれない。

それからは、匂いをたどる猟犬さながらに部屋のなかを行ったり来たり、壁を舐めるように調べ、膨らんだカーペットを隅々まで四つんばいになって探し、マントルピースやテーブル、カーテンの類い、端っこの酔いどれ用のキャビネットをひっかきまわして目に見える証拠を追い求めたが、彼女がそばで、まわりで、脇で、なかで、頭上で、彼にしがみつき、甘えて、鈍感な彼にすら聞き取れるくらい痛切に繊細な感覚に呼びかけているのを、目で確かめることができなかった。彼はもう一度大声で応えた、「うん、わかってる！」そしてふり返って野生の目を凝らしたが、なにも見えず、モクセイソウの匂いのなかに、かたちひとつ、色ひとつ、愛ひとつ、そして伸ばされた腕も見いだすことができなかった。あぁ、神よ！　この匂いはどこから来るのですか、この匂いはいつから声をもち、呼びかけてくるようになったのですか？　彼は手探りしてまわった。

　裂け目や隅っこをほじくると、コルクとタバコが見つかった。どうでもよいとばかりに見おくった。だが、カーペットのよれたところから半分だけ吸った葉巻がでてくると、踵で踏みつぶして威勢よく悪態をついた。部屋の端から端まで調べ尽くした。見つかったのは、漂泊者たちのうんざりさせられる、ろくでもない、ちっぽけな品々だった。探し求めている、ここに滞在していたかもしれない、その魂がいま漂っているかのように思える彼女の痕跡は、見つからなかった。

　そのとき、管理人のことを思いだした。

　霊のいる部屋から駆けだすと、階段をおりて、光が隙間からもれているドアの前にきた。ノックに管理人が顔をだした。彼はできるかぎり興奮をおさえた。

「お聞きしたいんですが、マダム」と懇願した、「ぼくの前にぼくの部屋を借りていたのは誰ですか？」

「はい、もう一度、教えてあげる。スプロールズとムーニィよ、前にも言ったけど。ミス・ブレッタ・スプロールズっていうのは芸名で、ほんとはムーニィ夫人。*2 うちはお堅いことで通ってるんだ。結婚証明書を掛けてもらう、額に入れて、釘にかけ
——」

「ミス・スプロールズはどんなご婦人でしたか――見た目ですが？」

「ええっと、黒い髪でしたね、小柄で、ずんぐりして、お茶目な顔をしてたね。先週の火曜日に出ていっちまった」

「それじゃ、彼らの前に借りていたのは？」

「そうねぇ、運送関係の仕事をしてた独身男だったかね。あいつは一週間分の家賃を払わないまんま出ていきやがった。その前は、クラウダー夫人と二人の子どもで、四カ月いたわ。その前が、ドイルじいさん。金は息子たちが払ってたわ。六カ月いたかね。これで一年さかのぼったわ。それより前は思いだせないね」

　彼は礼を言って、這うようにして部屋へ戻った。部屋は死んでいた。生気を与えていた香気は消えていた。モクセイソウの香りは立ち去っていた。あるのは、カビの生えた家具や、こもった空気からくる古いムッとする臭いだった。

　潮がひくように希望がひいて信念は干あがった。彼は腰をおろして、黄色い、歌うようなガス灯の炎を見つめた。それからベッドまで歩いていくと、シーツを裂いていくつもの細長い切れにした。ナイフの刃でドアと窓のまわりの隙間にそれらをきつく押しこんだ。すべてがきっちり整うと、炎を消し、あらためてガス栓をめいっぱい捻り、満足そうにベッドに横たわった。

今日はミセス・マックールがビールを一杯やる夜だった。そこでビールをもってきてミセス・パーディと地下の隠れ家のひとつに腰をおろしたが、そこは管理人たちの溜まり場で、虫はまず死なない場所である。

「三階の奥のを貸したさ、夕方」とミセス・パーディは細かな泡の輪の向こうから言った。「若い男が入った。二時間まえに寝ちまっただよ」

「ほう、やったね。パーディさん」ミセス・マックールがいたく感心して言った。「あんたはすげえ、ああいう部屋を貸すことにかけちゃあ。ええっと、それで、そいつには教えてやったんか?」しゃがれたひそひそ声の、謎めいた口調になった。

「部屋はさ」とミセス・パーディが毛皮の生えた声で言った、「どれもぜんぶ、貸せるように、すべて備えつけにしてるさ。あのことは言ってねえ、マックールさん」

「そりゃあ、そうだな。あたしらは、部屋貸さなきゃ、生きてけないんだから。あんたの商売のセンスはすげえよ。部屋借りるのをやめるやつ、いっぱい出てくるもんな、もしもそこでは自殺がありました、ベッドで死んでました、なんて言われたら」

「あんたの言うとおりよ。あたしらも生きてかなきゃなんねえ」ミセス・パーディが言った。

「そうともよ。そういうもんだ。今日でちょうど一週間か、三階の奥のあそこをきれいにするの、手伝ったのは。なにを間違ったのか、あんな娘がガスで自殺しちまうなんて——かわいい小さな顔をしてたよ、パーディさん」

「美人って言われてたろう、あんたの言うとおり」とパーディは同意しながらも一言付け加えた、「あの左の眉のそばにでっかい黒子《ほくろ》がなかったらね。ほら、もう一杯どう、マックールさん」

＊1　聖書では、エジプトから出てさまようイスラエル人に主が与えようとしていた約束の地カナンは葡萄とイチジクが豊かに成る土地だった。
＊2　当時は婚姻前の男女が同じ家に住むのはそうとうにスキャンダラスなことだった。

十九世紀末から二十世紀初頭にかけて、シンコペーションを効かせた速いリズムのラグタイムが登場した。この音楽からジャズが始まったとも言われている。日本では「埴生の宿」として知られる「ホーム・スイート・ホーム」のようなじつにゆっくりとした曲も、速くて軽快なラグタイム調にいとも簡単に編曲できて、じっさい、当時から歌われていた。

哀愁ただようゴースト・ストーリーであるこの作品の舞台は「ウェストサイドの南寄りの赤レンガ地区」で「劇場街」だが、マンハッタンの西二十三丁目の六番街から九番街あたりのどこかだろう。一八八〇年代からその界隈は劇場街として知られ、役者や作家や芸術家もこの近辺に住むのを好んだ。これが様変わりするのは一八九〇年代半ばになった頃で、多くの劇場が北へ移動し、いまのブロードウェイの劇場街がかたちづくられることになる。そして、役者や作家や芸術家は南のグリニッジ・ヴィレッジに移動しはじめた。この作品が発表されたのは、そんな劇場街の雰囲気がまだいくらか残っていた一九〇四年である。

いまなお劇場街だった頃の面影があるのは、西二十三丁目の七番街と八番街のあいだにあるチェルシー・ホテル。このあたりが劇場街だったころに登場した十二階建ての、それこそ赤レンガの建物である。多くの作家や役者やミュージシャンに愛されてきた。かれらにまつわる無数の伝説も残っている。O・ヘンリーもこのホテルにたびたび滞在していた。

（青山南）

ハーレムの悲劇

ハーレム。


フィンク夫人はアパートの一階下のキャシディ夫人の部屋に立ち寄っている。

「見事なもんでしょ」とキャシディ夫人。

自分の顔を誇らしげに、仲よしのフィンク夫人に見せた。片目はほとんど開いておらず、そのまわりには大きな、緑がかった紫色のあざがある。唇は切れて少し出血していて、首の両側には赤く指の跡。

「うちの人はそんなこと考えつきもしないわ」とフィンク夫人は言った。うらやましさを隠している。

「あたしは嫌だね」とキャシディ夫人は言い放った。「少なくとも週一で殴ってくれない旦那じゃなきゃ。思ってくれてるってそういうことでしょ。ほら！　でも、前回ジャックがくれたのはなかなか自然治癒しないんだよね。まだ瞼の裏に星が散ってる。

だけど、殴った後の何日かは街で一番優しい男になって埋め合わせてくれるんだ。この目だと、最低でも、劇場のチケットとシルクのブラウスくらいにはなるね」

「私は信じていたいの」とフィンク夫人は言った。満足しているふりをしている。「うちのフィンクさんはすごく紳士な人だから私に手を上げたりしないんだって」

「あら、勘弁してよ、マギー！」とキャシディ夫人は言った。けらけら笑いながら薬を塗っている。「嫉妬してるくせに。あんたのとこの旦那は、身体がカチカチでノロマだからパンチも出せないんだよ。家に帰ってきても、ただ座って、新聞に載ってるフィジカル・カルチャー（四十三頁注参照）を実践してるだけ――当たりじゃない？」

「たしかに帰ってくると新聞をじっくり読んでるけど」フィンク夫人は認めて、頭を振った。「でも、気晴らしに私をボコボコには絶対しない。おかげで、[*1]スティーブ・オドネルみたいにならずにすむわ――ほんとに」

キャシディ夫人は、夫に守られた幸せな妻といった様子で満足げに高笑いした。そして、宝石を自慢する[*2]コルネリアさながら、キモノの襟を引き下げて披露したのは、もう一つの宝物のあざだった。栗色で、縁はオリーブとオレンジの色――ほとんど治りかけているが、いまなお愛しい思い出として残るあざだ。

フィンク夫人は降参した。よそよそしかった目がゆるんで、うらやましそうな讃嘆の眼差しに変わった。彼女とキャシディ夫人は、お互い結婚する一年前まで、ダウンタウンの製函工場で仲のいい同僚だった。現在、マギー・フィンクとその夫は、メイム・キャシディとその夫が暮らすアパートメントの上の階に住んでいた。だから、彼女はメイムの前では気取ってはいられなかった。

「血まみれにされて痛くないの？」フィンク夫人は興味津々訊いた。

「痛いさ！」——キャシディ夫人はソプラノボイスで嬉しそうに叫んだ。「ほら、レンガ造りの家の下敷きになったことってある？——まあ、そんな感じだね——瓦礫から助け出された時みたいな気分だよ。ジャックの左パンチは、マチネのチケット二枚と、新品のオックスフォード靴になるからね——それにあの人の右パンチといったら！——そうだね、コニー・アイランドへのお出かけ一回と、ライル糸で編んだ透かし織りの靴下六足くらいにはなるかな」

「でも、どうしてあなたを殴ったりするの？」フィンク夫人は尋ねた。目がまんまるに開いていている。

「馬鹿だねぇ！」キャシディ夫人は言った。優しい口調になっていた。「だって、そりゃ酔っぱらってるからさ。たいていは土曜の夜」

「でもあなたにどんな理由があるの？」真実の探究者は執拗だ。

「だって、ジャックと結婚したじゃない？　ジャックは酔っぱらって帰ってくる。するとあたしが家にいる。でしょ？　他に誰を殴るっていうんだい？　他の誰かを殴ってるとこを見てみたいものだよ！　時には夕食の準備ができてないからってこともあるし、理由なんてない場合もある。ジャックからしたら理由なんて何でもいいんだ。彼はひたすら酒を飲み続けて、妻がいるって思い出したら帰ってきてあたしを殴る。土曜の夜は、角のとがった家具はどけておいて、殴られたときにぶつかって頭を切らないようにしてる。ブルブルするような左スイングがあるからね！　第一ラウンドでダウンをとられる時もあるけど、次の一週間を楽しく過ごしたいとか新しい服が欲しいって思うと、立ち上がってもっと罰をもらう。昨日の夜はそんな感じだった。この一カ月、あたしが黒のブラウスを欲しがってたのをジャックは知ってたけど、目の黒あざ一つじゃムリだと思ったんだ。そうだマギー、あの人が今夜ブラウスを買ってくる方にアイスクリームを賭けてもいいよ」

フィンク夫人はすっかり考えこんでしまった。

「うちのマートは」彼女は言った。「一度だって私を殴ったことない。あなたの言う通りよ、メイム。むすっとして家に帰ってきて一言も口をきかないの。どこかに連れて行ってくれたこともない。家じゃ銅像みたいにじっとしてるだけ。物を買ってくれても、あんなむっつり顔じゃ、ありがたくも何ともないわ」

キャシディ夫人は友達に腕を回した。「あんたって可哀そう！」彼女は言った。「だけど皆がジャックみたいな旦那を持てるわけじゃない。旦那が皆ジャックみたいだったら、結婚に失敗なんてないよ。不満を抱いてる妻が多いってよく聞くけどさ――そういう女たちに必要なのは、週に一度、家に帰るとあばらを蹴ってくれて、仲直りのキスとチョコレートクリームで埋め合わせてくれる、そんな男だよ。そうすりゃ、そういう女たちもちょっとは人生を楽しめるのにさ。あたしが望むのは、酔ってるときには殴ってくれて、酔ってないときにはハグしてくれる、支配力のある男。そのどちらの気概もない奴には、近寄らないでほしいね！」

フィンク夫人はため息をついた。

不意に玄関で音が響きわたった。ドアが蹴飛ばされて吹っ飛び、キャシディ氏が現れた。腕に包みをいくつも抱えている。メイムは飛んでいき、彼の首に抱き付いた。あざのない方の目は愛で輝き、まるで、殴られて引っ張ってこられたマオリ人の娘が求婚者の小屋で意識を取り戻した時のような光を放っていた。

「よお、帰ってきたぞ！」キャシディ氏は叫んだ。持っていた包みを放り投げて彼女を力強く抱き上げた。「バーナム・アンド・ベイリー・サーカスのチケットを手に入れたぞ。それからその包みのどれかにはシルクのブラウスが入ってる――おや、こんばんは、フィンクさん――来てたんだ。マートくんは元気？」

「ええ、とても元気よ、ミスター・キャシディ――ありがとう」フィンク夫人は言った。「もう上へ行かなきゃ。マートがもうすぐ夕食に帰ってくるから。メイム、欲しいって言ってた型紙は明日持ってくるわね」

フィンク夫人は、上の部屋に帰って、ちょっぴり泣いた。それは、意味もなく流れる涙で、女性だけが知っている涙、特別な理由もない不条理な涙、この世の嘆きのレパートリーの中でも、もっとも儚く、もっとも救いようがない涙だった。どうしてマーティンはわたしをぶたないのだろう？　彼だって、ジャック・キャシディに負けないくらい大きくて、頼もしいのに。妻のことなんか、気にかけてもいないのだろうか？　言い争いをしたことは一度もない。家に帰ってきても、ぐだぐだして、黙りこくって、むっつりして、だらけているだけ。立派に家族を養ってはいる、しかし、人生のスパイスに欠けている。

フィンク夫人の夢の船は無風状態のなかで止まっていたのだ。彼女の船長は干しブドウ入りプディングとハンモックの間を行ったり来たりしているばかりなのだった。せめて、時には船を揺さぶったり、甲板を踏み鳴らしてくれたらいいのに！　船旅はもっと愉快なもので、心躍るような島々に寄港すると思っていたのに！　しかし今はもう、例えを変えるなら、彼女はリングにタオルを投げ入れたくなっていた、疲れていた、人に見せられるようなかすり傷のひとつも負わされずにスパーリングのパートナーと生ぬるいラウンドをただただ繰り返してきたことに。一瞬、メイムが憎たらしくさえ思えた――メイムの、あの切り傷とあざが、癒しのプレゼントとキスが、好戦的で、野蛮で、愛に満ちたパートナーとの嵐の船旅が。

フィンク氏は七時に帰って来た。彼は爪の先まで家庭生活の呪いにかかっていた。居心地の良い我が家の玄関から中にはいると、もう歩こうとしなかった。まったく歩かなかった。路面電車に乗ってきた男、獲物を呑みこんだアナコンダ、倒れてそのままでいる樹木だった。

「ご飯にする、マート？」フィンク夫人は尋ねた。押さえに押さえていた。

「んあ、ん、あぁ」フィンク氏はうなった。

夕食が済むと、彼は新聞を手にして読みだした。靴下だけになって腰かけた。

立ち上がれ、ダンテの才能を引き継ぐ者よ、そして、靴下だけの姿で座りこむ男が落ちるべき地獄の歌を聞かせてくれ！　耐え忍ぶ女たちよ、おまえたちは束縛や義務にとらわれ、シルク、編みこみ、コットン、レース、ウールの靴下を履いた者たちにずっと我慢してきた――この新しい地獄の歌こそふさわしくないか？

翌日はレイバー・デー（九月の第一月曜日）だった。キャシディ氏とフィンク氏の仕事は終日休みだった。労働者が胸を張ってパレードに参加するか、さもなきゃ、気晴らしをして過ごす日だった。

フィンク夫人はキャシディ夫人の型紙を早くに持って来た。メイムは新しいシルクのブラウスを着ていた。あざのついた目でさえ、かすかに祝日の輝きを放っていた。ジャックの反省は実り多いものだったようで、公園にピクニックにピルスナービールという楽しい一日のプランが予定されていた。

上の階の部屋に戻ると、憤りの嫉妬が湧きあがって、フィンク夫人を襲った。ああ、幸せなメイム、あざをつけて、薬だってすぐにつけてもらっちゃって！　だけど、幸せはメイムだけのものなの？　マーティン・フィンクだって間違いなくジャック・キャシディと同じくらい素敵な男性なのに。その妻はこれからずっと殴られることも愛撫されることもないの？　いきなり、見事な、息も止まるような考えがフィンク夫人の頭に浮かんだ。メイムに見せつけてやろう、拳を振りあげ、しかるのち優しくしてくれる男はジャックだけではないのだ、と。

休日はフィンク家にとっては名ばかりのものになりそうだった。台所に据え付けの洗濯用たらいは、夫人が昨晩から浸しておいた二週間分の洗濯物でいっぱいになっていた。フィンク氏は靴下姿で座って、新聞を読んでいた。こうしてレイバー・デーもたちまち過ぎ去っていきそうだった。

嫉妬がフィンク夫人の心のなかでうねりを上げ、それはどんどん高まっていって大胆な決意となった。夫が殴ってくれないのなら——男らしさ、男の特権、夫婦生活への関心を示してくれないのなら、それは夫の義務なのだと思い出させてやらねばなるまい。

フィンク氏はパイプに火をつけ、靴下を履いたつま先で足首をのんびりとさすっていた。プディングに混ざりきれない脂身《スエット》の塊のように結婚生活に安息していた。これが彼の平穏な極楽なのだった——ゆったりと腰をおろして、新聞を通して世界を手中におさめた気になりながら、洗濯をする妻が泡を立てる音や、下げられた朝食とやがて運ばれてくる夕食の心地よい匂いに囲まれていることが。どんな考えも彼からは遠かったが、しかし、いちばん遠かったのは妻を殴るという考えだった。

フィンク夫人はお湯を出して洗濯板を石鹸水に入れた。下の部屋からキャシディ夫人の楽しそうな笑い声がした。当てこすりのように聞こえた、殴られたことのない上の階の花嫁に向けられた、これ見よがしの幸せな声に。見てろよ、つぎはわたしの番だッ！

とつぜん、鬼女の形相で、新聞を読む男に顔を向けた。

「ぐうたらの怠け者！」彼女は叫んだ。「あんたみたいな気持ち悪い奴のために、どうして私が洗いものや雑用でこきつかわれなきゃいけないの？　あんた、ほんとに人間？　キッチンにいる犬っころじゃないの？」

フィンク氏は新聞を落として、驚いて固まった。彼女は夫が殴ってくれないのではないかと心配になった——挑発が足りなかったのではないか、と。そこで、飛びかかっていくと、拳を握って激しく顔を殴りつけた。その瞬間、久しく感じていなかった愛のスリルを感じた。立ち上がるのよ、マーティン・フィンク、今こそ王者の座につきなさい！　ああ、今こそあなたの拳の重さを感じさせて——あなたのいたわりを見せて——あなたのいたわりを見せて！

フィンク氏はすっくと立ち上がった——マギーはもう一方の手を大きくスイングしてもう一発、今度はあごを捕えた。彼女は目を閉じた。恐ろしくも幸せな瞬間だった。彼の一撃がきっと飛んで来るはずだ——心の中で夫の名前を呼んだ——身を乗り出して来るべき一撃に備えた。ほしい、ほしい、ほしい。

下では、キャシディ氏が恥じ入った後悔した面持ちで、メイムの目の周りにパウダーをつけ、お出かけの準備をしていた。上の階から女性の甲高い声がした、ぶつかり、つまずき、引きずり、椅子がひっくり返る音がした――紛れもない、家庭内紛争の音だった。

「マートとマギー、けんかしてるのか？」とキャシディ氏が言った。「初めてだな。ちょっと上に行って仲裁が必要か見てこようか？」

キャシディ夫人の片目がダイヤモンドのようにキラッと輝いた。もう片方の目も光ったが、こっちはガラスの宝石程度だった。

「ああああ」と彼女は言った、ソフトな、特に意味のない、女性ならではの絶叫的な声だった。「もしかして――もしかしたら！　待って、ジャック、あたしが見てくるよ」

階段を駆け上がった。玄関に足を踏みこむと、キッチンのドアからフィンク夫人が勢いよく飛び出してきた。

「ああ、マギー」キャシディ夫人は叫び、嬉しそうに囁いた。「彼、やったの？　あ、あ、やったんだね？」

フィンク夫人は仲良しのもとに駆け寄り、肩に顔をうずめて絶望したように泣きじゃくった。

キャシディ夫人はマギーの顔を両手でつかんでそっと持ち上げた。涙に汚れて、赤らんだり青ざめたりしていたが、しかし、なめらかなピンクと白の、魅力的なそばかすだらけの顔には、フィンク氏の臆病な拳によるひっかき傷も、あざも、なにもなかった。

「教えてよ、マギー」メイムは懇願した。「でなきゃ、中に入って何が起こったのか見てくるからね。いったいどうしたっていうんだい？　彼は殴ってきたの——何をしたの？」

フィンク夫人はふたたび絶望したように友だちの胸に顔をうずめた。

「お願いだから、そこのドアは開けないで、メイム」泣きじゃくっていた。「それから、誰にも言わないって約束して——一生の秘密よ。あの人——あの人はさわろうともしなかった、そして——あの人——ああ、なんてこと——あの人、洗濯をしてるの——洗濯をしてるのよ！」

＊1　オーストラリア出身のボクサー。一八九五年のヘビー級の世界チャンピオン試合でピーター・マハーに一ラウンドでノックアウトで負けた。
＊2　紀元前二世紀のローマで政治家として活躍したグラックス兄弟の母、コルネリアのこ

と。知人に宝石を見せびらかされ「あなたも宝石を見せてほしい」とせがまれた時、二人の息子を呼んで「これが私の宝石です」と言った。

現在では、ニューヨークのハーレムといえば、多くのひとが黒人の街を思い浮かべるだろう。しかし、この作品に登場する人間たちは黒人ではない。ハーレム＝黒人という認識が広がったのは一九二〇年代になってからのことで、ジャズやダンス、さらには文学の分野でも豊かな黒人文化が花開いて注目を集めたときだ。それはハーレム・ルネサンスと呼ばれ、アメリカ文化史の重要な一ページになっている。

それまでは、マンハッタン北部のこの地域は、二百年にわたってのどかな農村であり、十九世紀にはいってからは上流階級の住宅街だった。風景が変わりはじめるのは、十九世紀後半になって高架鉄道の開通で交通手段が格段に充実してから。不動産ブームが起こった。そして一九〇〇年に地下鉄の工事が始まると、ブームはさらに加速し、アパートがつぎつぎ建てられ、ロワー・イースト・サイドで暮らしていた移民など、富裕層以外も移り住んでくるようになった。この作品のフィンク夫妻、キャシディ夫妻はこうした流れのなかでハーレムにやってきたひとたちだろう。

しかし、短い期間にあまりにも多くのアパートが建てられたことで供給過剰になり、地下鉄が完成した一九〇四年には不動産バブルは崩壊。それまで住む場所に恵まれていなかった黒人たちがやってくるようになった。一九〇五年十二月二十四日の「ニューヨーク・ヘラルド」紙につぎのような見出しが躍った。「ニグロたち、ハーレムに進出」——黒人街としてのハーレムはこの頃から始まる。

O・ヘンリーのこの作品は一九〇七年に発表された。まさに、ハーレムが大きく変貌しようとしていたときのハーレムの白人の家庭風景である。

ところで、キャシディ夫人が着ている「キモノ」は、O・ヘンリーのほかの作品でも女性の衣装としてちょこちょこ姿を見せるが、袖のところがゆったりと開いた部屋着のローブのこと。二十世紀初頭、ヨーロッパ経由で日本趣味、いわゆるジャポニズムがアメリカでも流行りはじめていた。　（菅野楽章）

車を待たせて

ちょうど日が暮れはじめる頃、その静かで狭い公園の静かな一角に今日もまたやって来た灰色の服の女性。ベンチに腰掛けると読書を始めた。あと三十分は活字を追えそうだった。

繰り返そう。彼女の服は灰色だった、そして、地味だったため、品の良いデザインのぴったりフィットしたものであるのがわかりにくかった。目の粗いベールがターバンハットと顔を隠していたが、しかし、それを通してでも、たおやかさと自然な美しさはまぶしいほどに見てとれた。彼女は前の日も、その前の日も、同じ時間にここに来ていた。そして、それを知っている者がいた。

それを知っていたのは若い男で、近くをうろうろしながら、焼いた生贄をつぎつぎと幸運の神に捧げるような思いで、様子をうかがっていた。そんなひたむきさが報われたのか、ページをめくる彼女の指先から本が滑り落ち、まるまる一ヤード離れたところへ転がった。

若い男は、即座に食いつくように本をひっつかむと持ち主に返したが、そこには公園や公共の場でよく見かける——親切心と下心がいっしょになった、巡回中の警官を気にして調整された——雰囲気が漂っているようでもあった。男は、上機嫌な声で、いちかばちか、いきなり天気の話——世の多くの者に不幸をもたらしているおなじみの前置きの話題——を持ち出し、しばし身構えて、運の行く末を待った。

女性はゆっくりと若者を眺めた。ごく平凡なこぎれいな服装で、表情にもとりたてて特徴のない顔をしている。

「よろしければ、お座りになって」彼女はゆったりと落ち着いた低い声で言った。「ぜひ、そうしていただきたいわ。読書をするにも日が落ちてしまいましたし。お話しでもしましょう」

幸運の神の僕《しもべ》は、にこやかに彼女の隣へスッと腰を下ろした。

「わかってるかな?」彼は公園で出会いを仕掛ける男たちの常套句を口にした。「長年見てきたなかでも、きみはとびきりの、驚くほどの美人だってこと。昨日からずっと釘付けだよ。きみの放つ愛らしい光に、すっかりまいってしまった男がいることに気がついてなかったかい、ねえ、ハニー?」

「どなたかは存じ上げませんが」女性は言い放った、氷のように冷ややかな声だった。

「はっきりさせておきますけど、わたくしはレディーです。いまおっしゃったことは大目にみてさしあげます、そういった思い違いはきっとないわけではないのかもしれませんからね――あなたがたのあいだでは。お座りくださいとお願いしたのはわたくしでですし。でも、そうお誘いしたことでハニーなんて呼ばれるはめになるのでしたら、撤回させていただきます」

「本当に、本当に、申し訳ありません」若い男は謝罪した。満足気だった顔が後悔と自責の表情に変わっていた。「僕が間違っていました。つまり、その、女性が、公園の、ほら――その、もちろんご存じないでしょうが、でも――」

「その話は止めにしませんか。もちろんわかっていますよ。それより、教えてくださる？　あの方たち、先を争うようにしてあっちへこっちへせっせと歩いていますけど、ほら、そこの道をね、いったい、どこへいらっしゃるの？　どうしてあんなにせかせかしているの？　みんな、幸せなのかしら？」

若者は、媚を売るような態度はさっさと捨てていた。いまや、役回りは、相手の出方次第ということになっていた。自分に期待されている役割がわからなくなっていた。

「見ているとおもしろいですね」彼は彼女の気持ちを推し量って答えた。「人生の不思議なドラマってやつですよ。食事に出かける者もいれば、どこか――えーと――また別のところへ行く者もいて。みんながどんな人生を送ってきたのか、考えさせられます」

「わたくしは考えません」女性は言った。「そんなに詮索好きではありませんから。ここに来て座っているのも、こうしているだけで、人間の心の大いなる鼓動が身近に感じられるからですよ。わたくしにあたえられた人生のまわりではそういった鼓動はいっさい感じられませんのでね。どうしてあなたに話しかけたのか、おわかりになる、ミスター……？」

「パーケンスタッカーです」と若い男は補った。熱く期待するような顔になった。

「やめましょう」と女性は言い、ほっそりした指を立ててかすかにほほえんだ。「聞けばすぐにおわかりになると思いますけれど。活字にならないように名前を隠しておくなんて無理ですから。姿を見られないようにするのもそう。このベールもこの帽子もメイドが用意しました、お忍びで出かけられるようにね。わたしには見えていないと思って運転手がこの格好をじろじろながめていたところをお見せしたかったわ。正直な話、名家とわかってしまう名前が五つか六つありますけれど、わたくしの名前は、たまたま生まれがそういうところでしたので、その一つです。あなたに話しかけたのは、スタッケンポットさん――」

「パーケンスタッカーです」と若者は正した、穏やかに。

「――パーケンスタッカーさん、わたくしは一度でいいから普通の方とお話ししてみたかったのです――いやらしい虚飾の富や偽りの高い地位といったものに害されていない方とね。ああ！　わかっていただけないでしょうね、わたくしがどんなにうんざりしているか――お金、お金、お金ばかりですよ！　それに、まわりにいる男たちは、おなじ型でくりぬかれたちっぽけなマリオネットみたいに踊っているんですから。娯楽も、宝石も、旅行も、社交界も、贅沢と名のつくものすべてがもううんざりです」

「僕はずっと思ってました」若い男は口ごもりながら思い切って言った。「お金はなかなかいいものだって」

「ほどほどのお金ならいいですよ。だけど、何百万も手にしてごらんなさい――！」彼女は絶望の身振りで締めくくった。「退屈なものよ」とつづけた。「飽き飽きする。ドライブ、ディナー、お芝居、舞踏会、夜食、どれも過剰なまでに贅沢に飾り立てられていて。シャンパングラスのなかの氷がチリンチリンと鳴るだけで気が狂いそうになるときもあります」

パーケンスタッカーは、素直に興味を持ったようだった。

「昔から好きなんです」と彼は言った。「裕福な上流の方々の話を読んだり聞いたりすることが。まあ俗物なんでしょうね。でも知識を正確なものにしておきたいんです。というのも、僕はいままでてっきり、シャンパンはボトルで冷やすもので、グラスに氷を入れたりはしないと思っていたものですから」

女性は、心底から面白がるように、響きのよい笑い声をあげた。

「知っておくといいですよ」彼女は説明した、余裕たっぷりに。「わたしたち、世間のお役に立てない階級の人間は、面白味を求めて前例から外れていくことをよしとしているの。シャンパンに氷を入れるのが、いまはね、ちょっとした流行りなんですよ。もとはといえば、ニューヨークにやってきたタタールの王子がウォルドーフ・ホテルでの晩餐の席でひょいと思いついたことです。いずれ、これも別な気まぐれに取って代わられるでしょう。じっさい、今週開かれたマディソン街の晩餐会では、子ヤギの革でつくった緑色の手袋がお皿の隣に置かれていました、オリーブを食べる時にはそれを使うようにと」

「そうですか」若い男はうなずいた、つつましく。「そういった偉い方々の特別なお遊びは普通の人たちには馴染みがありません」

「ときどき思いますよ」と女性は、思い違いを認めた男を容認するように会釈してから、つづけた、「わたくしが恋をするとしたら、相手は身分の低い方かもしれないって。労働者で、世間のお役に立たない人ではない方ね。だけど、まちがいなく、階級と富の縛りはわたくしの思いなんかよりはるかに強いでしょう。いまも二人の方から言い寄られています。一人はドイツ公国の大公。どこかに奥様がいるのですが、いえ、いたと言うべきかしら、大公があんまり横暴で残酷だったせいで、気が触れてしまったという話です。もう一人の方は英国の侯爵ですけれど、とても冷酷でお金に汚いので、悪魔のような大公の方がわたくしはまだ許せます。あら、どうしてあなたにこんな話をしているのかしら、パッケンスタッカーさん？」

「パーケンスタッカーです」若い男はため息をまじえて言った。「あなたにこんなに信頼していただけて嬉しいかぎりです、本当に」

女性は若い男をじっと見つめたが、その落ち着いた冷淡なまなざしが二人の身分の違いを物語っていた。

「どんな仕事をしていらっしゃいますの、パーケンスタッカーさん？」と彼女は訊いた。

「ひどくいやしい仕事ですよ。でも、身を立てたいとは思っています。本気でおっしゃったんですか、身分の低い男を愛せるというのは？」

「ええ、もちろん。でも、わたくしは「かもしれない」と言いました。いまは大公と侯爵がいますからねえ。そうね、いやしい仕事なんてありませんよ、その人がわたしの望む男性なら」

「ぼくは」パーケンスタッカーは高らかに言った、「レストランで働いているんです」

女性がわずかにたじろいだ。

「ウェイターじゃないわよね？」彼女は言った、少しばかり哀願口調だった。「労働は尊いものです、だけど、人のお世話をするのは、ねえ——召使いとか——」

「ウェイターじゃありません。レジ係です」——彼らの向かい、公園の反対側の道に、輝く電光看板で「レストラン」とあった——「レジ係です、そこに見えるレストランの」

女性は左手首の豪奢なデザインのブレスレットに嵌まった小さな時計をのぞくと、慌ただしく立ち上がった。本を、腰から下げたきらきら光る小物入れに押し込もうとしたが、しかし、本は大きすぎた。

「お仕事に行かなくていいの？」女性が訊いた。

「夜の勤務ですから」若い男は答えた。「まだ一時間あります、仕事が始まるまで。もう一度お目にかかることは叶わないでしょうか？」

「わからないわ。もしかしたらね——だけど、こんな気まぐれを起こすことはもうないでしょう。さあ、もう行かなくっちゃ。晩餐会に、ボックス席でのお芝居に、ああ！　同じことの繰り返し。ひょっとして、ここへいらっしゃるときに、公園の向こうの角に車が止まっているのに気がついたかしら。白い車よ」

「赤い車軸の？」男は尋ねた、考えこむように眉をひそめて。

「そうよ。いつもその車で来ます。ピエールがそこで待っています。向こうにあるデパートでわたくしが買い物をしていると思ってます。想像つくかしらね、日常の束縛、運転手の目さえ欺かなくてはいけない生活のこと。それでは、おやすみなさい」

「だけど、もう暗いですよ」パーケンスタッカー氏は言った。「公園には物騒な輩がたくさんいます。よろしければそこまで――」

「わたくしの気持ちを少しでも尊重してくださるなら」女性は頑な調子で言った。「わたくしが行ってしまった後も、このベンチに十分は座っていてくださいな。あなたに悪気がなくても、見えてしまうでしょう――車には持ち主の紋章がついていますから。では、あらためて、さようなら」

素早くかつ堂々と、彼女は夕暮れの中を進んでいった。若い男がその優雅な姿を眺めていると、彼女は公園の端の道に出て、車が停まっている角へと歩いて行った。そこで彼は、彼女の言葉を裏切り、ためらうこともなく、公園の木々と植え込みをかわし、すり抜け、彼女と平行に、視界にしっかりととらえつづけながら進んだ。

曲がり角にさしかかると、彼女は振り向いて車をさっと一瞥し、そのまま通りを渡っていった。ちょうどよく停まっていた馬車の後ろに隠れながら、若い男は彼女の動きをつぶさに目で追った。公園の真向かいにある歩道を進み、彼女はまばゆい看板のレストランに入っていった。あからさまにけばけばしいたぐいの建物で、白いペンキが塗られ、ガラスが張られただけの、安物を食べているのが丸見えになるような店だった。女性はレストランのなかを突っ切ると奥に引っ込み、すぐに帽子とベール無しであらわれた。

レジは入り口のすぐそばにあった。赤毛の女性が、露骨に時計を見ながら、スツールから降りた。そして灰色の服を来た女性が、そこにのぼった。

若者はポケットに両手を突っ込むと、ゆっくりともと来た道を歩いた。曲がり角で、そこに転がっていた小さな紙表紙の本に足が当たり、本は芝生の端まですべっていった。絵画のような美しい表紙を見て、女性が読んでいた本だと気がついた。気のない様子で拾い上げて眺めると、題名は『新アラビア夜話』、作者の名前はスティーヴンソン。ふたたび芝生の上に落とした、そしてぐずぐずと、立ち去りがたい様子で、しばしそこにいた。それから車に乗り込むと、クッションにもたれかかり、運転手にぽつりと言った。

「ヘンリー、クラブへ」

車を待たせています、と語る女性は、運転手は「向こうにあるデパートでわたくしが買い物をしていると思ってます」と話しているが、このデパートは、ほぼまちがいなく、メイシーズだ。O・ヘンリーの作品で、名指しこそされないが、幾度となくほのめかされる、当時のニューヨークでは最大のデパートである。

メイシーズは、ブロードウェイと六番街が交差するところにあったし、いまもある。だから、女性がベンチで本を読んでいる公園もその近くということになるが、ブロードウェイと六番街が交差するところには、向かい合うようにしてふたつの小さな公園がある。ヘラルド・スクエア・パークとグリーリー・スクエア・パークだ。いまでこそふたつとも緑のある公園だが、この作品が発表された一九〇八年の頃は、ヘラルド・スクエア・パークは緑のない石の公園だったから、「公園の木々と植え込みをかわし」という表現から判断して、緑があったグリーリー・スクエア・パークのベンチで女性は本を読んでいたと思われる。

なお、最後で若い男が向かう「クラブ」は、「千ドル」でブライソンじいさんが本を読んでいたようなクラブである。

（青山南）

マディソン・スクエア千夜一夜物語

カーソン・チャルマーズという、マディソン・スクエア近くのアパートメントに暮らす男のもとへ、フィリップスが夕方の郵便物を持ってきた。おきまりの配達物にまじって、同じ外国の消印が押されたものが二通あった。

片方の封書には女性の写真が入っていた。もう片方のには長たらしい手紙が入っていて、チャルマーズは長いこと引きこまれるように読みふけった。手紙はべつの女性からのもので、文面には毒の棘《とげ》があり、甘い蜂蜜にひたされてはいたが、写真の女性にかんする厭味が羽毛のようにびっしり覆っていた。

チャルマーズは手紙を千々に引き裂くと、高価なじゅうたんを磨り減らさんばかりに大股で行ったり来たりしはじめた。ジャングルの獣《けもの》は檻に閉じ込められるとそういう行動にでるが、疑念のジャングルに閉じ込められた人間もおなじ行動をするのである。

だんだんと不安は抑えられていった。彼のじゅうたんは魔法のじゅうたんではなかった。十六フィート（約五メートル）先へ行くことはできても、三千マイル（約五千キロ）彼方まで運んでくれる力はなかった。

フィリップスがあらわれた。彼はいつも、入ってくるというより、すっとあらわれる。まるでランプの精のように。

「お食事はここでなさいますか、それとも外で？」フィリップスが訊いた。

「ここでいい」チャルマーズは言った。「三十分後にしよう」彼はむっつり顔で、一月の風が風の神《アイオロス》のトロンボーンのように人けのない通りを吹き抜けていくのに耳をかたむけた。

「ちょっと待て」消えかかっていたランプの精を呼びとめた。「帰りがけに広場のはずれで、男たちが長い列をつくっているのを見かけた。ひとりは一段高いところで、なにかしゃべっていた。なんの行列だ、あそこでなにをしているんだ？」

「ホームレスの者でございます、旦那さま」フィリップスは答えた。「箱の上に立っている者は、彼らに今晩の宿を世話しようとしているんです。集まってきた者が男の話を聞いて、お金を出す。そうして集まったお金でまかなえるだけの人数を、どこかの安宿に送りこむ。それで並んでいるんです。来た順に、寝床にありつけます」

「食事の時間までに」チャルマーズは言った、「あのなかからひとり、ここへ連れてこい。いっしょに食事をしてもらう」

「ど、どの者を――」フィリップスは言ったが、どもったのはここに来て以来初めてのことだった。

「てきとうでいい」チャルマーズは言った。「そんなに酔っぱらってなければ――あとは、あるていど小ぎれいだったらかまわない。以上だ」

カーソン・チャルマーズがカリフを演じるなど、めったにないことである。けれども今夜は、ありふれた解毒剤では憂鬱を拭い去ることはできそうになかった。破天荒でなんでもありの、薫り高いアラビア的ななにかで、気分を晴らす必要があった。

三十分で、フィリップスはランプの奴隷としての任務を終えた。階下のレストランからウェイターたちがごちそうをせっせと運びあげた。食卓は、二人用にととのえられ、桃色の蠟燭《ろうそく》の明かりに楽しげに輝いた。

そして、フィリップスが、枢機卿を案内するかのように――あるいは盗賊を引っ立てるかのように――震えるお客をふわりと運んできた。寝床を求める行列から引っぱってきた。

よくこういう人間を難破船と呼ぶが、ここでその喩えを使うなら、不運にも火災に遭って遺棄された船といったところだった。ちらちらとしぶとく燃え残る炎が漂流する船体を照らし出していた。顔と手はいまさっき洗ったばかりだった――むざむざと破られた慣習を悼んでフィリップスがやらずにいられなかった儀式だった。蠟燭の明かりのなかにたたずむ男は、上品な調度品が並ぶ部屋を汚していた。顔は不健康に青ざめ、目元まで覆う無精ひげが、赤毛のアイリッシュセッターを思わせた。朽ち葉色の髪は、フィリップスの櫛でもどうすることもできなかったらしく、もつれにもつれて、かぶりっぱなしだった帽子のかたちに固まったままだった。その目に満ちた絶望と、ずるがしこそうな敵意は、虐待する人間に追いつめられた野良犬のものだった。ぼろぼろの上着は高いところまでボタンがとめてあったが、やけにきれいな襟が申し訳程度にその上からのぞいていた。円いテーブルの反対側にいたチャルマーズが椅子から立ちあがっても、物怖じする様子はまったくなかった。

「もしよかったら」主人が言った。「食事におつきあいいただけるとうれしいのだが」

「おれはプルーマー」路上からやってきた客は、荒っぽく挑むような口調で言った。「もしあんたがおれと同じ考えなら、食事をともにする相手の名前くらい知りたいのじゃないかと思うでしょうから」

「いま言おうとしていたところだ」チャルマーズはいくぶんあわてて言った。「チャルマーズといいます。どうぞそちらにおかけください」

　プルーマーという、羽根《プルーム》を逆立てたような頭の男は軽く膝を曲げて、フィリップスが椅子を滑りこませられるようにした。あらたまった席につくのは初めてではないらしかった。フィリップスがアンチョビとオリーブを並べた。

「こりゃいい！」プルーマーが声を張りあげた。「コース料理ということですな？　承知しましたぞ、我が寛大なるバグダードの支配者よ。シェヘラザードになってさしあげましょう、最後の爪楊枝が出てくるそのときまで。東洋の趣《おもむき》を真に心得たカリフに巡りあったのは、落ちぶれて以来初めてだ。ツイてるぞ！　なにせ四十三番目だったのだから。まさに数え終えたとき、こちらの使いの方があらわれて宴に招いてくだすった。今晩、寝床にありつくのは、次期大統領になるのと同じくらい難しかったはずだから。おれの悲しい身の上を、いかようにお聞きになりたいですかな、ミスター・アル・ラシード――一品ごとに一章ずつやりますか、葉巻とコーヒーをおともに全篇通して語りますか」

「こういうことは目新しくもなんともないみたいだね」チャルマーズは言ってにっこりした。

「預言者ムハンマドの顎ひげにかけて――いかにも！」客は答えた。「ニューヨークには安っぽいハルーン・アル・ラシードがうようよいますよ、バグダードにノミがうようよいるみたいに。ごちそうという武器を突きつけられて身の上話を要求されたことなど二十回はくだらない。見てみたいもんだね、このニューヨークにタダでものをくれる人間がいるんなら！　ここでは好奇心と慈善はいっしょさ。たいていは十セント銅貨とチャプスイを恵んでくれる程度だが、なかにはたまに最上級のサーロインでもってカリフを演じようとするやつもいる。でもね、誰もなかなか解放してくれない、自叙伝の脚注から付録からカットされた部分まで、すべて絞りとるまでは。もうね、わかってるんだ、この地下鉄の走るリトル・バグダードで飯のタネがむこうからやってきたらなにをすべきかは。アスファルトに三回、頭を打ちつけて、夕飯をかけた壮大な作り話を披露する準備をするよ。おれはさ、かの*トミー・タッカーの末裔だよ。あの歌声を披露しなければ反吐みたいなお粥《かゆ》とスープにもありつけなかった男の子のね」

「身の上話が聞きたいわけじゃないんだ」チャルマーズは言った。「正直なところ、ひょいとした思いつきで知らない方と食事をしてみたくなっただけでね。わたしの好奇心の相手をする必要などありませんよ」

「なにをバカな！」客はそう叫んで、がつがつとスープをかきこんだ。「おれはいっこうにかまいませんよ。よくある赤い表紙の東洋の雑誌とでも思ってください、カリフのおでましに合わせてページをいくらでもお切りしますよ。じつはね、おれらみたいな寝床を求めて行列に並ぶ連中のあいだには、こういうことにかんする相場みたいなのがあるんだ。つねに誰かしら足を止めて、世の底辺に身をやつした理由《わけ》を知りたがるもんだからね。サンドイッチとビールなら、酒のせいだと話す。コンビーフ入りのキャベツ炒めとコーヒーなら、無慈悲な大家のせいで六カ月の入院生活を強いられ仕事をクビになった話をする。サーロインステーキに宿一泊分の二十五セント硬貨なら、一瞬で大金をすって徐々に堕ちていったウォール街の悲劇を語る。しかし、こんなすごいのにあたったのは初めてだ。見合う話がない。だからね、チャルマーズさん、お礼に真実を話しますよ。聞いてくださいますか。作り話より信じられない話だけど」

一時間後、このアラビアの客は後ろにもたれて満足そうにため息をついた。フィリップスがコーヒーと葉巻を運んできて、テーブルの上をかたづけた。

「シェラード・プルーマーという名前を聞いたことはあります？」客はそう訊いて、意味ありげな笑みを浮かべた。

「聞いたことがある」チャルマーズは言った。「絵描きで、たしか数年前にかなり話題になった人じゃないか」

「五年前さ」客は言った。「それからおれは鉛の塊のごとく沈んだ。シェラード・プルーマーっておれなんだよ！　最後に描いた肖像画の売値は二千ドル。それ以降は、たとえタダだと言っても、誰も描かせてくれなくなった」

「なにか問題でもあったのかい？」チャルマーズは訊かずにいられなかった。

「それがおかしな話でね」プルーマーは苦い顔で答えた。「おれにもさっぱりわからない。あるときまではコルクみたいにすいすい泳いでいた。社交界の波に分け入ると、右から左から仕事が舞いこんできた。新聞には流行画家ともてはやされた。ところがおかしなことが起こりはじめたんだ。描き終えた絵を見にきた連中が、みんな、こそこそしながらいぶかしげに顔を見合わせるんだよ。

「すぐになにが問題かわかった。肖像画の顔に、本人の隠れた内面を描き出す力がおれにあったんだな。なんでそんなことになるのかはわからない──見たままに描いただけなんだから──でも、とにかくそれが原因さ。カンカンに怒って、絵を突っぱねるやつもいた。えらい美人で、社交界に名を馳せていたご婦人の肖像画を描いたこともあったがね、完成した絵を見にきた旦那は、妙な顔でそれをながめ、翌週には離婚訴訟を起こしたよ。

「ある有名な銀行家のこともよく覚えている。アトリエにその肖像画を置いといたら、その銀行家の知り合いがやってきて、絵を見て言った。「驚いた、あの人は本当にこんな顔でしたっけ？」おれは、忠実に描いたつもりですけど、と答えた。すると「こんな目つきをしていたなんて、いままで気づかなかった」と言い、「あとで寄って、口座をかえよう」と。そして行ったはいいが、口座は跡形もなく消えて、銀行家殿もいっしょにどろんだ。

「それからおれが完全に干されるまでに、そう長くはかからなかった。誰だって内に秘めた卑しい部分を絵に暴き出してもらいたいとは思わないから。笑ったり顔を歪めたりして、よそさまの目を欺くことはできるが、しかし、絵はそうじゃない。注文がひとつも入らなくなってね、あきらめるほかなくなった。しばらくは新聞の挿絵とか石板画とかもやったが、やっぱり同じ問題にぶつかったよ。写真をもとに描いても、写真ではわからない特徴や表情があらわれてくるんだ、まあ、もともと備わってたものなんだと思うんだけどね。依頼人からは苦情の嵐で、とくにご婦人方はうるさくって、どの仕事も長続きしなかった。そんなこんなで傷ついた心を酒という古女房の胸に慰めてもらうようになったわけ。そこからはあっというまさ、寝床の行列に加わって、市場でも巡るみたいに作り話で施しをもらうようになったよ。いかがですか、真実の物語はお気に召しませんでしたかな、カリフ？　お望みなら、ウォール街の悲劇に切り替えてもいいけど、そっちはちょいと涙が必要なんで、こんなすばらしい食事のあとじゃ、うまいこと泣けそうにありませんがね」

「いやいや」チャルマーズは真剣な顔で言った。「なんとも興味深い話だよ。あなたが描く肖像画はすべてモデルの嫌な部分を暴露していたのかね、それとも、あなたの特異な筆の試練を経ても、なんともないという人もいたのかね？」

「いたかって？　いましたとも」プルーマーは言った。「子供はたいていだいじょうぶでした、かなりの数の女性も、それなりの数の男性もね。嫌な人間ばかりじゃありませんから。本人に問題がなければ、絵にも問題はないんです。さっきも言ったように、おれにもうまく説明できないがね、とにかくそういうことなんだ」

チャルマーズの机の上に、その日に外国から届いた写真がのっていた。十分後、彼はプルーマーにパステルでその写真のスケッチを描いてもらうことにした。一時間が過ぎ、画家は立ちあがって、けだるそうに大きく伸びをした。

「できましたよ」あくびをした。「時間がかかって申し訳ない。なかなかやりごたえのある仕事だった。なんともね！　ですが、へとへとだ。なにせ昨日は寝床にありつけなかったもんでね。そんなわけで、そろそろおいとましますわ、慈悲深き統治者様よ！」

チャルマーズは玄関まで送っていき、彼の手に紙幣を何枚か握らせた。

「おやおや！　ありがたくちょうだいしますよ」プルーマーは言った。「これもこの転落人生あってこそですな。ありがとう。そしてすばらしい食事も。今夜は羽毛にくるまってバグダードの夢でも見るとしましょう。朝になっても夢だと気づかなければいいんだが。ごきげんよう、稀に見るすばらしきカリフよ！」

ふたたびチャルマーズは不安げにじゅうたんの上を行ったり来たりしはじめた。しかし、その範囲は、部屋の広さが許すかぎり、パステル画のあるテーブルから離れたところにかぎられた。二度、三度と絵に近づこうとしたが、できなかった。こげ茶や金や薄茶といった色が使われているのはわかったが、恐怖が打ち立てた壁が彼を寄せつけなかった。腰を下ろし、気持ちを落ち着けると、ぱっと立ちあがって、フィリップスを呼んだ。

「この建物に若い画家が住んでいたね」彼は言った、「――ライネマンとかいう――部屋はわかるか？」

「最上階の、通り側でございます」フィリップスが言った。

「行って、ほんの二、三分、ここへお越しいただけないか訊いてきてくれ」

ライネマンはすぐにやってきた。チャルマーズは自己紹介した。

「ライネマンさん」彼は言った、「そこのテーブルに、小さなパステル画があるだろう。よかったら、その芸術的価値と絵そのものについて、意見を聞かせてもらえないだろうか」

若い画家はテーブルに歩み寄って、スケッチを手にとった。チャルマーズは半分からだをそむけるようにして、椅子の背に寄りかかっていた。

「絵は――いかが――かな？」彼はゆっくりとたずねた。

「絵としては」画家は言った。「いくら褒めても褒めたりないくらいです。名匠の作品ですね――大胆で、繊細で、真に迫っている。ちょっと戸惑っています。こんなすばらしいパステル画は何年も見たことがなかったので」

「顔というか、その――テーマ――モデル――についてはいかがかな？」

「顔はですね」ライネマンは言った、「まさしく神に仕える天使のお顔です。いったいこれはどなた――」

「妻だよ！」チャルマーズは叫んで、くるりとふりかえると、びっくりしている画家に飛びついて手を握りしめ、背中をばんばんと叩いた。「ヨーロッパへ旅行中なんだ。ほら、そのスケッチを持って帰って、きみの最高傑作を描いてくれ。お代はまかせろ」

＊ マザーグースの「リトル・トミー・タッカー」のこと。孤児のトミーは歌をうたって食べ物をもらう。

マディソン・スクエアというと、屋内スタジアムとして有名なマディソン・スクエア・ガーデンを思い浮かべるひとが多いだろうが、公園のマディソン・スクエアとスタジアムのマディソン・スクエア・ガーデンはまるっきり離れている。この作品の舞台となっているアパートメントに近い公園のほうは、ブロードウェイと五番街が交差するところにあり（西二十三丁目から西二十六丁目まで）、マディソン街の起点である。いっぽう、スタジアムは、七番街の西三十一丁目から西三十三丁目まで。

どうしてそんな紛らわしいことになっているのかというと、現在のスタジアムは一九六八年にできたもので、別名がマディソン・スクエア・ガーデン四代目。三代目も別なところにあって、二代目と初代が公園のとなりにあった。名前の「マディソン・スクエア」はその名残なのである。

O・ヘンリーがこの作品を書いた頃は、著名な建築家のスタンフォード・ホワイトが設計した高いタワーが印象的な二代目が建っていた。一九〇六年、そのホワイトはここのレストランで富豪のハリー・ケンドール・ソーに銃で殺された。ソーの妻である女優のイヴリン・ネスビットと不倫関係にあったのが動機とされ、当時は有名人と富豪の犯罪事件として一大スキャンダルとなった。この作品が刊行されたのは翌年の一九〇七年だが、それについての言及はなく、マディソン・スクエア近辺にチャルマーズのような上流階級が暮らしていたのがわかるだけである。

とはいえ、O・ヘンリーはこの公園をよく作品にとりあげた。ただし、ホームレスの溜まり場としてである。この作品もそうだし、また、本書には入っていないが、「警官と賛美歌」や「運命の衝撃」などもそう。当時、上流階級が優雅に暮らすすぐ隣の公園には、ホームレスの人々が多くベンチで寝泊まりしていたのである。

（青山南）

マーティン・バーニィの変心

*ウォルター卿の心を落ち着かせる植物の肩をもつことになりますが、ひとつ、マーティン・バーニィの事例を見てみましょうか。

ハーレム川の西岸に沿ってスピードウェイが建設されていたときだ。下請けのデニス・コリガンの賄い船が岸辺の木につながれていた。小さな緑の島（アイルランド）からやって来た二十二人の男たちがそこで筋肉が裂けてしまうほどの労働に骨折っていた。そのなかで一人、賄い船のキッチンで働いている男だけはゴート族（ゲルマン系の民族）の血を引いていた。そんな連中の上に君臨していたのが法外な要求をしてくるコリガンで、奴隷船の船長のように男たちを苦しめていた。わずかな給料しか払わないので、ほとんどの男は、どんなに働いても、稼ぎはせいぜい食事代や煙草代にしかならなかった。だから、多くがコリガンに借金していた。彼はみんなを賄い船に住まわせ、それなりの食事は与えていたが、彼らの労働で元はとれた。

マーティン・バーニィは、だれよりもはるかに劣っていた。小さな男で、筋肉も手も足もぜんぶ小さく、赤が混じった灰色の無精髭を生やしていた。強力なパワーシャベル並みの力が必要な仕事に、彼はあまりにも軽量すぎた。

仕事はきつかった。おまけに、岸辺では蚊がブンブンとうなっていた。暗い部屋に入れられた子供が慰めをくれる窓からの淡い光をじっと見つめるように、こき使われる彼らは一時間ほど夕陽を見て一日の苦々しさを紛らわしていた。夕暮れの夕食が済むと、川べりで身を寄せ合い、二十三本のパイプから意地悪な煙を吹きだしては、ぶんぶんうなる蚊を右往左往させるのだった。そんなふうに一致団結して敵とたたかいながら、その一時間、歓びのボウルからこぼれるおいしそうな煙の雫《しずく》を味わうのだった。

週ごとにバーニィは借金の深みに入った。コリガンは船に商品をいくらかストックしていて、ぜったいに損しない値段で男たちに売っていたのだ。バーニィは煙草売り場のお得意様だった。朝、仕事にいくときに一袋、夜、仕事から戻ると一袋という具合だから、勘定は日々膨れあがった。バーニィはかなりのスモーカーだったのだ。とはいえ、パイプをくわえて食事をしていたというのは本当ではない、そういう噂はあったが。この小男に不満はなかった。食べ物はたっぷりあるし、煙草もたっぷりあるし、呪い殺したい暴君もいるのだ。アイルランド人の彼が、これで満足しないなんてことがありますか?

ある朝、みんなと仕事に向かうとき、バーニィはいつも通り煙草を一袋求めてパイン材のカウンターに立ち寄った。

「おめえにやるもんはもうねえよ」コリガンは言った。「おめえとの取引はおしまいだ。返ってくるあてがねえからな。煙草はもうねえんだ、ぼうず。煙草のツケはおしまいだ。働いておまんまにありつきたいんなら、そうしろ。だが、煙草は値上がりした、たった今な。悪いことは言わねぇ、新しい仕事を探すんだな」

「おいらのパイプ、空っぽなんだよ、コリガンさん」とバーニィは言った、どうしてこんな目に遭うのか、よくわかっていなかった。

「稼ぐんだ」と、コリガンは言った、「買うのはそれからだ」

バーニィは出て行かなかった。ほかの仕事なんてぜんぜん知らなかったのだ。すぐには気づかなかったが、彼にとって煙草は、父であり母であり、司祭であり、恋人であり、妻であり、子供でもあった。

三日間はなんとかほかの男たちの袋からもらってパイプに詰めていたが、そのうちみんなくれなくなった、だれひとり。全員が、荒っぽいが優しい口調で、こう言った。この世にあるいろんな品物のなかで、たしかに煙草がいちばん、欲しけりゃ仲間からすぐにもらえるものだ、しかし、それが当座しのぎの域を超えて、同志の蓄えを要求するようになったら、友情もおおいに危うくなるのだ、と。

やがて、黒い穴があらわれ、バーニィの心いっぱいに広がった。死んだパイプの骸《むくろ》をしゃぶって、よろめきながら石と土の荷車を押す仕事をしていると、生まれて初めてアダムの呪いを我がことのように感じた。ほかの人間なら、ひとつ愉しみを失えば、べつの喜びにすがることだろう、しかし、バーニィの人生には慰めは二つしかなかった。一つはパイプ、もう一つは、このヨルダン川の岸の向こうにまたひとつスピードウェイが作られるようなことはないだろうという、考えるだけでも恍惚としてくるような希望だ。

食事の時間になると、バーニィはほかの男たちを先に船にやり、それから手と膝をついて、さっきまでみんなが座っていた地べたをがむしゃらに這いまわり、煙草の葉が落ちていないかと探しまわった。一度、川岸までこっそり行って、枯れた柳の葉をパイプに詰めてみたこともある。初めの一服で船に向かって唾を吐きだした。つづけて、コリガンに向かって知りうるかぎりの最強の呪いを――コリガン一族の最初の一人から、ガブリエルの終末を告げるトランペットを聞くコリガン一族の最後の一人に至るまでの呪いを――吐いた。コリガンへの憎しみで身も心もぶるぶると震えてきた。

いっそ殺してやろうかとも考えた。五日間、煙草を味わうことなく過ごしたのだ——一日中煙草を吸い、ベッドの中で吸う一、二本のために起きられない夜など無意味だと考えていたような男がだ。

ある日、一人の男が船にやってきて、ブロンクス・パークで改良工事がある、働ける者を大量に募っている、と言った。

食後、バーニィは、みんなのパイプの発狂しそうな匂いから遠ざかるべく、川岸を三十ヤードほど歩き、石の上に腰を下ろした。ブロンクスに行こうかと考えていた。そうすれば少なくとも煙草代は稼げるだろう。コリガンへの借金なんかかまうことはねぇ。どうせ誰かの分で穴を埋めるんだから。しかし、パイプを取り上げた非情な守銭奴に負けっ放しで引きあげるのはいやだった。何かうまい方法はないか？

無骨者たちの間をそっとぬって、トニーが近づいてきた。ゴート人の子孫の、キッチンで働いている男で、バーニィのそばに来るとニヤリと笑った。気の毒な男のほうは、人種的な敵意と都会への軽蔑をみなぎらせて、噛みつくように言った、「なんの用だ——イタ公？」

トニーもまた不満を持っていた——そして企みも。彼もまたコリガン嫌いの一人で、同類を見つけるのに鼻が利いた。

「コリガンをどう思う?」彼は尋ねた。「いい奴だって思うか?」

「くそくらえだ」バーニィは言った。「あいつの肝臓なんか水になればいい、あいつの心臓の冷気であいつの骨なんか砕ければいい。あいつの一族の墓には臭い臭いカミツレモドキの草が生い茂ればいい、あいつの子供の孫どもは目なしで生まれてくればいい。あいつの口のなかでウィスキーは酸っぱい腐った牛乳になればいい。あいつがくしゃみをするたびにあいつの足の裏に肉刺《まめ》ができればいい。あいつのパイプの煙であいつの目から涙がでたら、そのしずくが牧草に落ちて、それを牛が食い、それで毒のバターができ、それをあいつがパンに塗ればいい」

トニーは、このイメージの美しさにはついていけなかったが、方向としては十分に反コリガンであると察しがついた。そこで、共謀者になると信頼し、バーニィのとなりへ来て石に座ると、企みを打ち明けた。

それは極めてシンプルな計画だった。毎日、昼食の後、コリガンは寝棚で一時間ほど寝るのが習慣になっている。その時間になると、コックでありコリガンの助手でもあるトニーは、物音で独裁者が目を覚まさぬよう、船から離れなければならない。この一時間をコックはいつもウォーキングにあてていた。トニーの計画は、コリガンが眠ったら自分とバーニィとで船を岸に繋ぎとめている係留ロープを切るというものだった。トニーには一人でそれを実行する度胸がなかったのだ。不安定になった船は急流に揺さぶられて、下にある岩にぶつかって確実に転覆するだろう。

「そいつぁいい、はやいとこやっちまおうぜ」バーニィは言った。「おれの胸にあいた穴ぼこが煙草の味を求めて疼くみたいに、あいつに蹴られたあんたの背中がじくじく疼きだしたら、ロープを切る手も鈍っちまうからよ」

「オーライ」トニーは言った。「だけどな、あと十分は待った方がいい。コリガンにはぐっすりたっぷり眠ってもらう」

彼らは石の上に座って待った。ほかの男たちは仕事をしていて道の曲がり角の先にいたので姿は見えなかった。万事うまく行っていただろう——たぶん、コリガンについては——もしもトニーが筋書きに陳腐なしぐさを添えようなんて思いつかなければ。彼には芝居気があって、舞台でおなじみの悪人の陰謀につきもののシーンをついつい思い描いてしまったのだ。懐から長い、漆黒の、美しい、有毒な葉巻を取り出すと、バーニィに渡したのである。

「一服やるか、待ってるあいだ」彼は言った。

バーニィはひっつかむと、テリア犬がネズミにかぶりつくみたいに、端を嚙み切った。長く生き別れになっていた恋人のように、唇にはさんだ。煙を吸いこみはじめると、長い深いため息が漏れ、ごわごわした赤と灰色の口髭がワシの鉤爪のようにくるりとカールして葉巻を抱いた。ゆっくりと目の充血が引いていった。じっと夢見るように川向こうの丘に視線を向けた。一分、二分と時が過ぎた。

「そろそろ行くか」トニーが言った。「コリガンの野郎をさっさと川にやっちまおう」

バーニィはウウッとうなって忘我から目を覚ました。振り向き、驚いているような苦しんでいるような厳しい目で共犯者を見つめた。葉巻をすこし口から離しかけたが、すぐにまた咥えなおし、一、二度愛おしそうにムシャムシャ嚙むと、毒気のある煙を吐きながら、口の端から言った。

「なんだい、黄色の野蛮人？　地上最高の人種に向かって陰謀を企むのか、非合法犯罪の煽動者が？　貴様、このマーティン・バーニィを破廉恥なイタ公の汚ねえ罠にはめようとしやがったな？　貴様の恩人を殺す気か、貴様に食事と仕事をくださるすばらしいお方を？　これでも食らえ、カボチャ色の殺し屋が！」

バーニィの怒りの激流が体を激しく突き動かした。靴の先が、ロープを切るはずだった刃物を石から蹴り飛ばした。

トニーは立ち上がって逃げ出した。うまくいかなかったことの目録に彼の復讐はまたしても収められることになった。彼は船の彼方へと逃げた、はるか遠くへと。恐くてとどまってはいられなかった。

バーニィは、胸を張り、元共犯者が消え去るのを眺めていた。それから彼もまた出発した、ブロンクスの方へ顔を向けて。

彼の後ろには、臭くて邪悪な不快な煙が立ちのぼり、それは彼の心に平穏をもたらし、鳥たちを道から深い木立へと追いやっていた。

＊ ウォルター・ローリー。十六世紀のイギリスの探検家・軍人。新大陸のアメリカから煙草をイギリスに持ってきた。

ニューヨークのマンハッタン区は島で、南はニューヨーク湾、東はイースト・リヴァー、西はハドソン・リヴァー、北はハーレム・リヴァーに囲まれていて、ハーレム・リヴァーを越えるとブロンクス区である。この作品にあらわれるスピードウェイは、ハーレム・リヴァーのマンハッタン側に建設されたもので、一八九四年から工事が始まり、一八九八年に完成した。

富裕層たちのために建設されたもので、道路として造られたのではない。繋駕《けいが》競争、すなわち、二輪車に人が乗って馬に引かせる競技を愛好する者たちの空間として設計された。西一五五丁目から西二〇八丁目まで、五十ブロックを越える、およそ四千メートルの、幅も三十メートル近くある、ほぼ直線のコースで、横をハーレム川が流れているので景色もよかった。バーニィが、こんなものが川の向こう側にも造られたらたまらない、と願っているのは、これがしょせん金持ちのためのものであって、自分たちとは縁がないとわかっているからである。

バーニィはアイルランド人だが、アイルランドの最大の輸出品は移民、と言われたこともあるほど、十九世紀から国を出ていくアイルランド人は多かった。たいていはイングランドへだったが、一八四〇年代にジャガイモ飢饉が起きると、アメリカへ移住する者が激増し、一九〇〇年までに四〇〇万人（！）がアメリカに来た。そしてニューヨークなどで、技術や熟練を必要としない低賃金の労働に就いた。バーニィはその一人である。

スピードウェイは、完成して五年もしないうちに、穴が多いなどの問題が続出、さらには新たに登場した自動車に開放するかどうかという大問題が出てきて、とうとう一九一九年には自動車の通行路になった。ハーレム・リヴァー・ドライヴとしていまは知られる道路の誕生である。

Ｏ・ヘンリーは一九一〇年に亡くなったから、生きていたときは、スピードウェイはまだ金持ちたちの憩いの場だった。そんな時期に、それを造ったアイルランド移民の低賃金労働者の話を敢えて発表したことになる。

また、その頃は、「ハーレムの悲劇」や「振り子」でも言及されているように、健康志向の時代でもあり、嫌煙運動もアメリカには高まっていた。煙草の販売を禁止する州がいくつもあった。そんななかにあらわれた煙草をめぐっての作品である。

（青山南）

ハーレム・リヴァー・スピードウェイでおこなわれていた繋駕競争

整えられたともし火

よく言われるように、なにごとにも表と裏がある。裏から見てみよう。私たちは、しばしば「ショップ・ガール」という言葉を耳にする。しかしそんな人間は存在しない。ショップで働くガールたちがいるだけだ。彼女たちはショップで働いて生計をたてている。しかしどうしてその職業が形容詞になってしまうのか？　公正になろう。結婚して五番街で暮らす女たちを「マリッジ・ガール」とは呼ばないではないか。

ルーとナンシーは仲良しだった。二人は職を求めて大都市にやってきた。故郷では食べていくのも一苦労だったから。ナンシーは十九歳で、ルーは二十歳だった。二人とも美しく、活発な田舎娘で、舞台で活躍しようなどという野心はなかった。

天上にいる智の天使ケルビムに導かれて二人は安くてまあまあの下宿にありついた。二人とも職を見つけ、賃金労働者となった。変わらず仲良しだった。これから紹介させていただくのは、それから六ヶ月が過ぎたころの彼女たちだ。さあ、みなさん、一歩前へ。いろいろおっしゃりたいこともあるでしょうが、私の友人のミス・ナンシーとミス・ルーだ。握手をするときにご覧になってください——それとなく——彼女たちの服装を。そう、それとなく。じっと見られると、馬の品評会をボックス席で見学するレディのように、すぐに不機嫌になりますから。

ルーは手仕上げの洗濯屋で、出来高払いのアイロンがけの仕事をしている。ぜんぜん身体に合ってない紫色のドレスを着ていて、帽子の羽根飾りも四インチくらい長い。しかし彼女のアーミンの毛皮のマフやスカーフは二十五ドルもする。お仲間の獣たちは、シーズンも終わる頃になると、七ドル九十八セントの値札をつけられてショーウィンドウに並ぶというのにだ。彼女の頬はピンクで、明るいブルーの瞳は輝いている。充実感が彼女からは溢れ出ている。

ナンシーのことをみなさんはショップ・ガールとお呼びになるだろう——いつもの癖で。人間には型などないのに、頑迷な方々はきまって型を求めようとするものだ。それが型の正体だ。ナンシーは前髪を高く盛っている、だから真っ直ぐな額が印象的だ。スカートは安物だが、きちんとフレアが付いている。まだ寒い春の風から体を守ってくれる毛皮こそ着ちゃいないが、短いブロード地のジャケットを軽快にまとっている、まるでペルシャ子羊の毛皮みたいに！　その顔と目に浮かんでいるのは、懲りない型好きに言わせるなら、典型的なショップ・ガールの表情だ。歪められた女らしさへの静かだが軽蔑に満ちた反抗心が見える、いずれやってくる復讐の時を淋しげに予感しているところがある。たとえ大笑いをしている時でも、それは見てとれる。同じ表情はロシアの農奴にも見られるだろう。私たちのなかで取り残された者たちがいつか最後の審判の日にラッパを吹きにやってくるガブリエルの顔に見るのもきっと同じ表情だ。それは男たちをひるませて赤面させるはずのものなのだが、しかし、目下のところ、男たちは得意げにニヤニヤ笑って花束を差しだすだけらしい――リボンなど結びつけて。

さて、このへんで、みなさんには帽子をとってお帰りいただきましょうか、ルーは陽気に「またね」と言い、ナンシーの皮肉っぽい愛想のいい笑みは、なんだか別れを惜しんで、白い蛾のように屋根の上から星空へとパタパタ舞っているようにも見えるが。

二人は、角のところでダンを待っていた。ダンはルーの彼氏だった。誠実な人物かって？　まあ、マリアさまがもしもお子さまをお探しになるのに十二人の使いを雇わなければならなかったとしたら、真っ先に選んでいただろう。

「ねえ、ナンス、寒くない？」ルーが言った。「あのさ、週八ドルであんな古臭い店で働くなんてバカもいいところよ。先週あたしは十八ドル五十セント稼いだわ。たしかに、アイロンがけはカウンターでレースを売ることほどオシャレな仕事じゃない。でも、お金にはなるよ。週給が十ドル以下ってことはないもの。それに、高く見られてない仕事でもないと思う」

「あなたはそれでいいのよ」ナンシーはふんと鼻をそらして言った。「あたしは週八ドルと寝るだけの部屋があればいい。きれいなものやお金持ちの人たちに囲まれていたいの。チャンスだってたくさんあるし！　ねえ、こないだも手袋売り場の子がピッツバーグの人と結婚したわ——鋼鉄だか蹄鉄だかなにかをやってる人——億万長者よ。あたしもいつかきっとお金持ちをつかまえるよ。自分のルックスにうぬぼれてるとかいうんじゃない、大きな獲物がいるところでチャンスをつかみたいの。洗濯屋で働く女の子にはなんのドラマもないじゃない？」

「あら、私はそこでダンと会ったわ」ルーは言った、勝ち誇ったように。「あの人、よそいきのシャツとカラーを受け取りに来た時、一番目の台でアイロンをかけてた私を見つけたのよ。一番目の台の競争率はほんとすごいの。その日はたまたまエラ・マギニスが病気で休みだったから、代わりにあたしがその場所にいた。あの人、初めにわたしの腕が目に入ったって言ったわ。なんてふくよかで、なんて白いんだろうって。

腕まくりをしてたのよ、あたし。洗濯屋にも素敵な人たちは来るわ。すぐわかるの、服をスーツケースに入れて持ってくるから。しかも、さっといきなりドアを開けて入ってくる」

「ねえ、ルー、あんた、よくそんなブラウスを着てられるわね」ナンシーは言った。アイシャドウの濃い目に愛想良くも軽蔑的な色を浮かべて、けばけばしいそれをじろりと眺めた。「趣味、最悪」

「このブラウスが?」ルーは叫んだ、目を見開き憤慨していた。「なんで? このブラウス、十六ドルもしたのよ。二十五ドルはする品よ。だれかが洗濯に出してたんだけど、取りにこなかったの。それでボスが売ってくれた。手縫いの刺繍が何ヤードも何ヤードもついているんだから。あんたのそっちのほうが、よっぽどがさつで貧相よ」

「このがさつで貧相なものはね」ナンシーは言った、落ち着いていた。「ヴァン・アルスタイン・フィッシャー夫人が着てたもののコピーよ。店の子たちの話だと、その人、去年だけで一万二千ドルも買い物したんだって。あたしはこれを自分で作った。一ドル五十セントで済んだわ。十フィートも離れたら、あのひとのと見分けがつかないよ」

「あら、まあ」ルーは言った、機嫌良くなっていた。「お腹を空かしてまで気取っていたいんなら、そうすれば。あたしはいまの仕事でいい、給料もいいし。そして仕事が終わったら、かわいくて素敵なものを着るわ、自分のお金で買える範囲で」

ところが、そこにちょうどダンがやってきた――既製品のネクタイを締めた真面目な若者で、都会に特有のチャラチャラしたところがない――電気工で週給三十ドル。ルーをロミオの哀しい目で見つめながら、ブラウスの刺繡を、蜘蛛の巣のようだ、ハエはみんな喜んで飛びこんで捕まってしまうだろうなあ、と考えていた。

「お友達のオーウェンスさん――ほら、ダンフォースさんにごあいさつして」とルーは言った。

「お近づきになれてとても嬉しいです、ダンフォースさん」ダンが言って、手を差しだした。「ルーからかねがねお噂はうかがってます」

「それはどうも」彼女は言い、指先だけでそっけなくダンの手に触れた。「わたしも彼女からあなたのお噂は聞いてます――たまに」

ルーはクスクス笑った。

「ねえ、ナンス、その握手のしかたもヴァン・アルスタイン・フィッシャー夫人の真似？」彼女は訊いた。

「かもね、あなたも自由にコピーしていいわよ」ナンシーは言った。

「あら、わたしにはとても無理。オシャレすぎるもの。ダイヤモンドの指輪を引き立たせるやり方よ、そんなお上品な握手は。指輪が手に入ったら試してみるわ」

「まずはやってみなくちゃ」ナンシーは訳知り顔に言った、「そうすれば、きっと指輪もついてくるの」

「まあ、議論はその辺にして」とダンは言い、サッと明るい笑顔をみせた。「ひとつ、提案させてください。お二人をティファニーへお連れしてしかるべきもてなしをすることはできませんので、どうでしょう、ヴォードヴィルへ行くというのは？　チケットがあるんです。ステージのダイヤを観に行きませんか、本物の宝石をつけての握手はできないんで」

誠実な従者は車道側に立った。ルーはその隣、まばゆくてかわいい服の小さな孔雀のようだ。そしてナンシーは一番内側、すらりとやせていて雀のようにさえない身なりだが、歩き方はまさにヴァン・アルスタイン・フィッシャー風——こうして三人は夜の平均的な娯楽へと向かった。

大きなデパートを、教育施設だと思っている人がそんなにたくさんいるとは思わない。しかし、ナンシーの職場は、彼女にとってはそのようなものだった。彼女を取り囲む美しいものの数々には気品と洗練が息づいていた。贅沢のなかで生きていると、贅沢は身につくものだ、金を払っているのが自分であろうと、他人であろうと。

彼女が対応する客はほとんどが女性で、その着こなしやマナーや社交界での振る舞いはひとつの基準としてよく取りあげられた。そんな彼女たちからナンシーは取れるものはしっかり取るようにしていた――ひとりひとりからそれぞれベストと思えるものを。

ある人からは身ぶり手ぶりをコピーして練習した、また別な人からは雄弁な眉の動かし方を、さらに別な人たちからは歩き方を、ハンドバッグの持ち方を、微笑み方を、友だちへのあいさつの仕方を、「身分の低いもの」への接し方を学んだ。最愛のお手本であるヴァン・アルスタイン・フィッシャー夫人からはあの素晴らしいものを、銀のように澄み切っていてツグミのように完璧に発音されるソフトな低い声をいただいた。上流階級の洗練と育ちの良さのオーラに包まれていると、深く影響を受けずにいるほうが無理だった。立派な理屈よりも立派な習慣にまさるものはないとはよく言われるが、それならば、たぶん、立派なマナーにまさる立派な習慣はないだろう。ニューイングランドの清教徒精神を親から滔々と言い聞かされてもまずピンと来ない。しかし、背の真っ直ぐな椅子に座らされて「プリズムと清教徒《ピルグリム》」という言葉を四十遍も繰り返させられたら、口元も心もそのうち清らかになって光りかがやき、悪魔もきっと逃げ出していく。だからナンシーは、ヴァン・アルスタイン・フィッシャー調で話していると、ノブレス・オブリージュ（高い身分にともなう義務）の精神が骨の髄まで響いてきてゾクゾクしてくるのだった。

そのほかにも、大きなデパートという学校には学べるものがあった。三、四人のショップ・ガールが集まって針金細工のブレスレットをジャラジャラいわせながらいかにもくだらない会話を繰り広げているのを目にしても、エセルだかだれかの襟髪のまとめかたにケチをつけているのだと思ってはいけない。その集まりには男たちが開くいろいろな審議会の重々しさはないかもしれない、しかし、なかなか重要なものではあって、イブとその長女が顔をつきあわせてアダムに家庭での立場をわからせるにはどうすべきかを話し合っているかのような雰囲気がある。それは、《世間という劇場への、ならびに、そこの観客で花束を投げてくるだけの男たちへの、攻撃と反撃の戦略を共に考え共に防衛するための女性会議》なのだ。女性は、あらゆる若い動物のなかでもっとも無力だ——子鹿の優雅さを持ちながらもその素早さはない、鳥のような美しさを持ちながらもその飛行能力はない、蜜蜂のように甘い蜜を持ちながらもその

――いや、ここではその直喩はやめよう――刺されている方もいらっしゃるだろうから。

こんな戦略会議で、女性たちは武器を見せ合い、それぞれの人生での戦いから工夫して編み出してきた作戦を交換しあう。

「あいつに言ってやったのよ」セイディは言う。「あんた何様のつもり！　わたしを誰だと思ってそんな口きいているのかしら？　そしたらあいつ、何て言い返してきたと思う？」

茶色や黒や亜麻色や赤や黄色の頭が、上下に揺れる。答えが出される。ぐいぐい突いてきたらどうかわすべきかが話し合われる。そして、それは今後みんなの敵である男どもとやりあうときに使われることになる。

このようにしてナンシーは防衛の術を学んだ。女性にとって、うまく防衛することとは勝利を意味するから。

デパートのカリキュラムは広範にわたる。おそらくほかのどの大学も彼女の人生の野望――結婚で当たりくじを引くこと――にここほどぴたりと応えることはできなかったろう。

店のなかでの彼女の売り場は恵まれていた。音楽室が近くにあって演奏が聞こえてきたので、偉大な作曲家たちの作品に親しむことができた――少なくとも、おそるおそる頑張って足を踏みいれようとしている社交界でも通用する鑑賞力くらいは養うことができた。美術品や、高価で美しい織物や、女性にとっては文化そのものである装飾品の教育的効果も吸収した。

まわりの女たちはナンシーの野心にすぐに気づいた。「あんたの大富豪さまのお出ましよ、ナンス」。ぴったりの男が彼女のカウンターに近づいてくるたびに、囃したてた。男たちは、連れの女性が買い物に勤しんでいる間はハンカチ売り場にぶらぶらやってきてはキャンブリックの織物でできた四角い布切れの前で時間潰しをするのを習慣としていたのだった。ナンシーのイミテーションの育ちの良さと本物の可憐な美しさには魅力があった。かくして多くの男たちが彼女の前に愛嬌をふりまきに来た。そのうちの何人かは大富豪だったかもしれないが、それ以外はもちろんせっせとかれらの猿真似をする輩だった。ナンシーはそれを見分ける方法を習得していった。ハンカチ売り場の端に窓があり、そこからは下の道路で買い物に出かけた主人を待っている車の列が見えたのだ。ちょくちょく眺めるうちに、車にも、持ち主同様、ちがいがあるのが彼女にはわかるようになっていた。

一度、魅力的な紳士がハンカチを四ダース買い、コフェチュア王[*1]のようなおどおどした態度でカウンター越しの彼女に言い寄ったことがあった。男が去ると、同僚の一人が言った。「どうしたの、ナンシー、あの方が気に入らないなんて。上物のように見えたけど」

「あの男が？」ナンシーは言い、最高にクールな、最高に気持ちよさそうな、最高にそっけない、ヴァン・アルスタイン・フィッシャー夫人の笑みを見せた。「わたし向きじゃないわね。外に車を駐めるのが見えたけど、たった十二馬力の車で、運転手はアイルランド人よ！　それに、買ったハンカチ見た？――シルクよ！　しかも、服にはひっつき虫がくっついていた。わたしに勧めるのは本物だけにして、それ以外はいらない、お願いね」

店でもっとも「洗練された」女性のうちの二人――売り場主任とレジ係――にはディナーをときどきいっしょにする「すてきな紳士のお友だち」が何人かいた。一度、ナンシーはその場に招かれたことがあった。豪華絢爛なカフェでのディナーで、大晦日ともなれば一年前から予約しないと席が取れないようなところだった。あらわれたのは二人の「紳士のお友だち」だった――一人は頭に毛がまったく生えてなかった――贅沢な生活は、みなさんもご承知の通り、育毛を妨げる――もう一人は若い男で、自分の価値と教養をいかにも自信ありげに印象づけようとするところがあった――ワインはどれもコルク臭いと罵り、ダイヤのカフスボタンを見せびらかした。この若い男がナンシーにたまらなく魅了された。もともとショップ・ガールが趣味だったのだが、そこに、彼のいる社交界の話し方とマナーをわきまえているばかりか、彼女の階級ならではの気さくな魅力を持ちあわせた女性が現れたのだ。そこで翌日、店にやって来ると、草地で漂泊したアイリッシュリネンのヘムステッチのハンカチが入ったボックス越しに、大真面目に結婚を申し込んだ。ナンシーは断った。茶色のポンパドール髪が十フィート先から目と耳をそばだてていた。そして、ふられた求婚者が立ち去ると、非難と嫌悪の言葉をナンシーの頭にザバザバと浴びせかけた。

「あんた、バカなんじゃないの！　あいつは大富豪よ――あのヴァン・スキットルズの甥よ。それに、真剣だったし。あんた、頭おかしくない、ナンス？」

「おかしい？」ナンシーは言った。「あんなの、気に入るはずないじゃない。ちっとも大富豪なんかじゃないのは見ればわかる。家から年に二万ドルしかお小遣いをもらってないのよ。このあいだのディナーのとき禿げのお友だちにそのことでからかわれていた」

茶色のポンパドール髪が近づいてきて目を細めた。

「ねえ、あんたの欲しいのはなに？」彼女は訊いた、チューインガム切れで声はかすれていた。「充分なんじゃないの？　一夫多妻のモルモン教徒にでもなって、ロックフェラーとかグラッドストーン・ダウイーとかスペイン王とか、そういうやつらみんなと結婚するつもり？　年二万ドルじゃ不満？」

黒い細めた目にじっと見つめられて、ナンシーはすこし顔を紅潮させた。

「お金だけの話じゃないよ、キャリー」彼女は説明した。「このあいだの夜のディナーでひどい嘘をお友だちに見破られてたわ。どこかの女の人の話になって、その彼女とは劇場に行ったことないなんてしらばっくれたときよ。とにかく嘘つきはいや。そういったこと全部ふくめて——あいつは好きになれない。そういうこと。自分を売り出すといってもバーゲンはしたくないよ。男らしくピシッと椅子に座るようなのをつかまえなきゃ、とにかく。そうよ、獲物は探してる。でも、おもちゃの貯金箱をジャラジャラ鳴らしてるようなのじゃないやつをね」

「イカれてるわよ、あんた」と茶色のポンパドール髪は言って立ち去った。

このような高い望みを——理想とまでは言わなくとも——ナンシーは週給八ドルの生活のなかで育みつづけていた。未知の素晴らしい「獲物」を追いながら野宿をし、干からびたパンを食べ、ベルトを日々きつくしていった。その顔にはかすかに兵士のような優しげな厳しい笑みが浮かんでいて、まさに覚悟を決めて男を追うハンターだった。店が彼女の森だった。幾度となくライフルを構え、立派な角の大物に狙いを定めた、しかし、いつも胸の奥底からの的確な——たぶんハンターとしての、たぶん女性としての——直感が引き金を引くことをとどまらせて、つぎの獲物へと向かわせたのだった。

ルーは、洗濯屋で順調にやっていた。週給十八ドル五十セントのうち、六ドルを家賃と食費にあてていた。残りが主に服になった。趣味やマナーを磨く機会は、ナンシーに比べてほとんどなかった。湯気がいっぱいの洗濯屋にあるものといえば、仕事、仕事、そして夜の楽しみに思いを馳せることだけだった。高価で派手な生地がたくさん彼女のアイロンの下を通り過ぎていった。ひょっとすると、この熱を伝える金属を通して彼女のドレスへの愛着は深まっていたのかもしれない。

一日の仕事が終わると、外でダンが待っていた。彼女がどんな光のなかにいても、変わることなく付き従う誠実な影法師だった。

ときどき彼は、気品というよりも派手さばかりが増すルーの装いに、素直に困ったような顔をした。でも、それは不忠のあらわれではなく、街で彼女に向けられる好奇のまなざしにとまどっていただけだった。

　そしてルーは、仲良しの友に誠実だった。ダンとお出かけのさいは、どんなときでも、ナンシーも一緒に行くのが決まりになっていた。ダンもこの余分なお荷物を心から楽しそうに受け入れた。娯楽に向かうこの三人組の、ルーは色彩の、ナンシーは音色の、ダンは重しの役を担っていたと言えるかもしれない。きちんとしてはいるが明らかに既製品のスーツを着て既製品のネクタイを締めた、無難で穏当な既製品の才覚の持ち主であるこのエスコートは、けっしてひとをおどろかすようなことも不快にさせるようなこともなかった。彼は、いっしょにいるときは存在をつい忘れてしまうが、いなくなるとくっきりと思い出す、そんな善良なタイプの男なのだった。

　ナンシーの上流好みからしてみると、こういった既製品の楽しみはときどきすこし辛かった。しかし、彼女は若かった。そして、若さというのは大食いになれるものだ、美食家になれないときは。

「ダンはしょっちゅう言うのよ、すぐにでも結婚しようって」ルーは一度ナンシーに言ったことがある。「でも、なんで結婚しなきゃいけないわけ？　あたしは自立してるのに。自分で稼いだお金で好きにやれるのに。それに、彼、あたしが結婚後も働きつづけるのにはいい顔しないのよ。ところで、ナンスはさ、あんな古ぼけた店にしがみついて何がしたいわけ、ろくにものも食べず、ろくに服も買わないで？　あんたが来るっていうんなら、いますぐにでも洗濯屋の仕事を世話してあげるよ。もっとお金に余裕が出来たら、あんたもそんなに高慢ちきじゃなくなると思うんだけど」

「あたしは高慢ちきじゃないよ、ルー」ナンシーは言った。「ろくにものを食べなくてもこの生活がいいの。きっともう習慣になってるんだと思う。あたしが欲しいのはチャンスよ。ただ売り場のカウンターにたっていたいわけじゃない。毎日新しいことを学んでる。洗練されたお金持ちをいつも目の前にしているんだから——接客しているだけだといってもね。飛び交う情報は見逃さないようにしている」

「あんたの大富豪さまはまだつかまらないの？」ルーはからかうように笑った。

「まだ選んでない」ナンシーは言った。「品定めの最中よ」

「まあ！　品定めだなんて！　逃げられないようにしてよ、ナンス——あんたの大富豪のイメージに何ドルか足りないようなやつにもね。でも、ほんと、あんた、よく言うよ——大富豪はあたしたちみたいなワーキングガールなんか眼中にないのに」

「目を向けたほうが、あの人たちにとっても得かもしれないのにね」ナンシーは言った、クールに知性的に。「あたしたちのなかにはあの人たちにお金の使い方を教えてあげられる者もいるんだから」

わははと笑った。

「あたしなんか、話しかけられたら、かえってカッとなっちゃうと思うけど」ルーは
「それはあんたがあの人たちを知らないからよ。上流階級の連中とその他大勢とのちがいは近くで見なきゃわからない。その赤い裏地、そのコートには少し明るすぎるとは思わない、ルー？」

ルーは、友だちの地味でパッとしないオリーブ色のジャケットを見つめた。

「そうかな、そうは思わないけど――でも、あんたが着ているその色あせたのと並べるとそう見えるかもね」

「このジャケットはね」ナンシーは得意げに言った、「ヴァン・アルスタイン・フィッシャー夫人がこの前着ていたものと型はまったく同じよ。材料代は三ドル九十八セント。夫人のは、きっと、百ドル以上はしただろうけど」

「あら、そう」ルーはそっけなく言った、「大富豪がひっかかるようなエサには見えないけど。あたしのほうがあんたより先につかまえても驚かないでね、ほんと」

まったく、二人のお友だちのそれぞれの考え方の価値を測るには哲学者にでも来てもらわなければなるまい。デパートやデスクワークに女性たちがぎりぎりの生活に甘んじてまで働こうと集まってくるのはある種のプライドとこだわりがあるせいだが、

ルーにはそんなものはなくて、騒がしくて息苦しい洗濯屋ではたばたと陽気にアイロンをかけているのだった。給料は快適に暮らしても十分すぎるほどだった。だから、ドレスはどんどん進化していき、しまいには、きちんとしてはいるがエレガントではないダンの格好を——不動で、変わらない、一貫したダンを——イライラと横目でながめるようになった。

ナンシーはというと、彼女は幾万ものうちの一人だった。シルクや宝石やレースや装飾品、いい血筋といい趣味の洗練された世界の香りと音楽——それらは女性のためのものである。女性がみな平等に求めるものである。女性にとってそれらが人生の一部であるのなら、そしてそれを望むのなら、ぜひ、その近くに置いてあげようではないか。女性は自分を見捨てたりしない。自分の権利を捨ててまでお粥を得ようとした聖書のエサウとは違う。生まれながらの権利は手放さないし、そもそも、稼げるお粥はたいていほんのわずかだ。

そんな空気のなかにナンシーはいて、そんななかで逞しく生き、質素な食事をし、毅然とした満たされた心で、安くドレスを作る工夫をしているのだった。女というものについてはもうわかっていた。いま勉強しているのは男というあの動物で、その習性と適性とを調べていた。彼女はいつかは欲しい獲物をしとめるだろう。しかし自分に約束していたのは、それは最大で最高のものでなければならないということ、小さいものはお断りだということだった。

だから、彼女は[2]つねにともし火を整えて油を絶やさず、いつ花婿が来ても、迎えられるようにしていた。

しかし、彼女は別のことも学んでいたのだった、おそらくは無意識のうちに。彼女の価値の基準は動き、変わりはじめていた。ときおり＄マークが心の目のなかでぼやけて、「真実」や「信義」、ときには「親切」といった文字に変化するようになっていたのだ。どこか広大な森でヘラジカだかオオジカだかを追っていたハンターを思い描いてみよう。彼は小さな谷間を見つける。苔むしてこんもりとした木々に覆われたその場所には小川が流れていて、彼を休息や安息に誘う。そんなことになるとニムロド[3]の槍でさえも鈍ってしまうものだ。

そんなわけで、ナンシーはときどき、高価なペルシャ子羊の毛皮の値段はそれがつつむ心によっていつも決められているのだろうか、と考えるようになっていた。

ある木曜の晩、ナンシーは店を出ると六番街を渡って洗濯屋のある西のほうへと向かった。ルーとダンとミュージカル・コメディを観に行くことになっていたのだ。

ナンシーが到着すると、ダンが洗濯屋から出てきた。奇妙な、緊張した表情を浮かべていた。

「なにか連絡が来てないかと思って寄ってみたんだ」と彼が言った。

「連絡って、だれから?」ナンシーは訊いた。「ルーがいないの?」

「あんたは知ってるかと思ってた」ダンは言った。「ここにも家にも月曜からいない。家はもぬけのからさ。洗濯屋の同僚には、ヨーロッパへ行くかも、と言ってたらしい」

「見た人はいないの?」ナンシーは訊いた。

ダンは険しく顎を引いて彼女を見つめた。動かない灰色の目が鋼のように冷たく光った。

「洗濯屋の人が言ってたけど」ダンは言った、荒っぽい口調になっていた。「昨日見かけたってさ——車に乗ってたらしい。どこかの大富豪とね、きみやルーがしょっちゅう頭のなかで思い巡らしているようなやつらさ」

初めてナンシーは男の前でひるんだ。かすかに震える手をダンの袖においた。

「なんでそんなことを言うの、ダン——まるで私が悪いみたいに!」

「そんなつもりで言ったんじゃない」ダンは言った、穏やかになっていた。そしてベストのポケットを探った。

「今晩のチケットはぼくが持っている」彼は雄々しく明るく言った、「よければ――」ナンシーはどんなときでも剛毅《ごうき》さには弱かった。

「行くわ、ダン」彼女は言った。

三カ月後、ナンシーとルーは再会した。

ある日の夕暮れ時のこと、われらがショップ・ガールは小さな静かな公園の脇を家に向かって急いでいた。自分を呼ぶ声が聞こえたのでくるりと振り向くと、ルーが腕に飛び込んできた。

まずは抱き合うと、二人は頭を後ろに引いた。その姿は、攻撃をかけようか魔法をかけようかと体勢を整えているヘビのようで、ちょろちょろと動く舌には数千の質問がぷるぷると震えていた。まもなくナンシーは、ルーがだんぜん景気よくなっていることに気づいた、高そうな毛皮のコートや、光る宝石や、仕立て屋の粋を集めた服に、それは一目瞭然だった。

「あんたって、ほんとバカねえ！」ルーは大声で愛おしそうに叫んだ。「まだあの店で働いてるんだ、相変わらずみすぼらしい格好で。獲物を捕まえるっていうのはどうなった――どうせ収穫なしでしょ？」

しかし、ルーが見ると、ナンシーは景気のよさよりももっといいなにかにつつまれているのに気づいた――それが宝石よりもまぶしく目にかがやき、バラよりも赤く頬を染め、電流のように踊りながら舌先から飛び出したがってうずうずしていた。

「そう、まだあの店にいる」ナンシーは言った、「でも、来週には辞める。獲物を捕まえたのよ――それもこの世で最大のを。もうルーも気にしないわよね？――あたし、ダンと結婚するの――ダンと！――彼はいまはあたしのダンよ――あら、どうしたの、ルー！」

公園の角から、すべすべ顔の若い警官がぶらぶらとやってきた。警察を――見た目だけでも――すこしはましなものにしてくれそうな新米警官のひとりだった。彼が目にしたのは、高価な毛皮のコートを着て両手にダイヤの指輪をいくつもした女性が公園の鉄柵の前にしゃがみこんで狂ったようにむせび泣いている姿だった、ほっそりとした地味な服装のワーキング・ガールがそばに寄り添って慰めようとしていた。しかし、ギブソン・ガールの時代の新世代の警官は、気づかないふりをして通りすぎていった。賢くも、こういった問題は自分がいる警察の手には負えないものであるとわかっているのだ。とはいえ、警棒で道をこんこんと叩いていく、その音はいちばん遠い星にまで届くほどだ。

＊1　アフリカの伝説の王。決して魅力的な外見をしているとはいえなかった彼は、ある時乞食の娘にひとめぼれをし、コインを振りまくことで求婚をしたという。その後、二人は結ばれた。

＊2　新約聖書の「マタイによる福音書」第二十五章の「十人のおとめ」のたとえから。花婿がいつ来てもいいように、五人の賢いおとめたちはともし火に油を用意して待っていたので、花婿が到着すると婚姻の席に入ったが、ほかの愚かな五人は油を用意していなかったので、花婿が来ても、婚姻の席に向かうことができなかった。いつそのときが来るかはわからないのだから目を覚ましていなさい、という教え。

＊3　旧約聖書「創世記」に登場する狩りの名人。

ルーは洗濯屋でアイロンがけの仕事をしていていかにも収入がよさそうな口ぶりだが、洗濯屋の給料は一般的にかなり安いものだったから、「出来高払い」のルーは、じつは、そうとうハードに働いていたものと思われる。文字通り朝から晩まで働き詰めだったにちがいなく、ただ、そのことを口にしなかっただけのことだ。服にどんどんお金を使うのも、そんな苛酷な労働の苦しみを忘れるためだったのではないか。自分の階級的立場はぼんやりとでもしっかり理解していたはずで、それは、「大富豪はあたしたちみたいなワーキング・ガールなんか眼中にない」といった発言からもうかがえる。「ワーキング・ガール」という言葉は、十九世紀半ばから登場したが、働く若い女性を見下した一種の差別語だった。

いっぽう、ルーやナンシーが生きていたのは「ギブソン・ガールの時代」である。イラストレーターのチャールズ・デイナ・ギブソンが描いた新しい若い女性のイメージ――美しい髪型で素敵な服を着てスポーツなども楽しむ、独立した若い女性――が多くの雑誌にあらわれて一世を風靡していた。そのイメージに鼓舞されたルーのようなワーキング・ガールはそうとう多かったにちがいない。

ちなみに、もうひとりのワーキング・ガール、「ショップ・ガール」のナンシーが勤めているデパートは、「店を出ると六番街を渡って」という記述があるので、これまた、O・ヘンリーの作品ではおなじみのメイシーズである。（青山南）

ギブソン・ガール。すらりとしてスポーティで背が高くて美しくて独立心旺盛な若い女性たち

解説　O・ヘンリーといえばニューヨークだ

O・ヘンリーは、日本ではよく知られているアメリカの作家のひとりだと言っていいだろう。本書には入っていないが、「賢者の贈り物」や「最後の一葉」といった作品は、オリジナルに忠実なヴァージョンのものやわかりやすく書き直されたヴァージョンのものなど、いろんなかたちで読まれ、親しまれてきた。しみじみと心温まる、すこしセンチメンタルな、人生の真実をかなり突いたところもある、しかし最後にはみごとなオチが待っている「ちょっといい話」を書かせたら右に出る者がいない短編の名手である、と、その評価もいつしかできあがってきている。アメリカにおいても、ほぼ同様の評価がされていて、話の最後に用意されているオチについては、「ツイスト・エンディング（ひねりのある終わり）」という言い方でずっと語られてきた。

O・ヘンリーがそんな短編を書いていたのは、二十世紀の初めの十年である。そのわずか十年間に、三百五十編くらい（実数は不明）の短編を書きまくっていた。一九〇二年から一九〇六年までは、「ニューヨーク・ワールド」という新聞の日曜版に毎週書いていたので、週に一編のペースで書いていた。いや、それ以外の新聞や雑誌にも書いていたから、週に最低でも一編は書いていたと言うのが正しいか。

どれもツイスト・エンディングの話だったが、荒唐無稽な現実離れした話は書かなかった。ニュースを伝えるのが命である新聞に短編を書いていたからだろう、つぎつぎと生起するさまざまな現実の出来事に、直接的にないしは間接的に言及するというようなことを作品のなかでやった。あの事件の話をしているんだろうな、と読者が察して楽しめるようなサーヴィスも怠らなかった。いま起きていることにつねに注意を払い、作品のネタにもした。「ニューヨーク・ワールド」はニューヨークの新聞だから、ニューヨークのあちこちを舞台にすることによって、作品が読者にいっそう身近なものになるようにもした。

二十世紀の初めの十年は、アメリカが急速に過激に変貌しはじめた時期である。十九世紀前半のアメリカは、ヨーロッパと比べれば、まったく新興の、まだまだ田舎同然の地域だったが、南北戦争後の、十九世紀後半の好景気、というか金ぴか時代を経たあたりからがぜん経済的に活気をみせはじめ、いい意味でも悪い意味でも、なりふりかまわずぐんぐん前に突き進んでいくアメリカの姿が世界の注目を浴びるようになっていた。そんな変貌ぶりのとりわけ目立っていたのが都市で、なかでもニューヨークは際立った。

活気のあるところにひとは集まる。以下に示すのはニューヨーク市当局が公式に発表しているその頃のニューヨークの人口の変化である。

一八八〇年　一二〇万六二九九人（うち、外国生まれは四七万八六七〇人）
一八九〇年　一五一万五三〇一人（うち、外国生まれは六三万九九四三人）
一九〇〇年　三四三万七二〇二人（うち、外国生まれは一二七万八〇人）
一九一〇年　四七六万六八八三人（うち、外国生まれは一九四万四三五七人）

ものすごい勢いで人口の増えているのが一目瞭然だ。「外国生まれ」というのは移民のことだが、外国からもどんどん入ってきているのがわかる。そして、なんといってもすごいのが一八九〇年以降の人間の流入の凄まじさだ。二倍、三倍にと増えている。

ひとが増えると、社会はだんぜん活気づく。一八九〇年から一九一〇年のあいだには、自動車が登場してくる。まだまだ高価な乗り物だったが、街のあちこちを馬車に混じって走るようになる。「車を待たせて」でも運転手付きの車に乗っているのは金持ちである。というか、運転手を雇えるような経済的な余裕のある者だけが車を持っていた。

デパートも、どんどん豪勢になったが、顧客は、これまた、金持ちだった。庶民が気楽にショッピングに出かけられるようなところではなかった。しかし、それは言い換えると、デパートに行けば金持ちと知り合いになれるかもしれないということでもあったから、玉の輿に乗るチャンスを狙う若い女性のあいだでは、デパートの店員、すなわち、ショップ・ガールが人気の職業になった。一九〇三年には、「ただのショップ・ガールだけど」という歌すら流行った。(詞はウィニフレッド・ワイルド、曲はエド・S・ジョリー)

♪あの子はただのふつうのショップ・ガール、メイシーズのただのショップ・ガール、ケイシーズじゃなくてメイシーズ、そこでカウンターに立っている、大金持ちと結婚だってできる、チャンスがあれば、あの子はメイシーズのただのショップ・ガール♪

金持ちでない青年が、大好きなガールフレンドが金持ちの男と結婚してしまうのではないか、と心配している歌である。O・ヘンリーは、「あさましい恋人」や「整えられたともし火」をはじめ、いくつもの作品でショップ・ガールをとりあげているが、流行歌になるほど、その存在が注目を集めていたということだ。

言うまでもなく、ショップ・ガールがみな玉の輿に乗れるわけではない。しかし、仕事をもつということにたいして女性が自覚的になったのがこの頃で、フェミニズムの第一期がこの時期でもある。とはいえ、女性が仕事をもって自分でお金を稼ぐというようなことは地方ではなかなかむずかしかったから、野心のある女性は都会に出てきた。そんなひとりであるドロシー・リチャードスンが、地方からニューヨークに出てきて仕事探しに奔走した自分の体験をつづった『長い一日――ニューヨークのワーキング・ガールの話』という本は、一九〇五年に刊行されると、ベストセラーになっている。その本に仕事探しの情報を求めようとした若い女性たちが多かったということだろう。

「天窓の部屋」や「整えられたともし火」には「ワーキング・ガール」という言葉が何度か出てくるが、その時期の仕事を求める女性には切実な言葉だったのだ。リチャードスンがニューヨークに着いて最初に住んだ部屋は天窓のある部屋である。O・ヘンリーの「天窓の部屋」のタイピストも天窓のある部屋でがんばって暮らしている。

ひょっとして、リチャードスンのベストセラーにO・ヘンリーはヒントをもらったのではないか、とも思わされる一致だが、天窓の部屋程度のところにしか、多くの独身のワーキング・ガールは住めなかったというところがきっと真実なのだろう。

高架鉄道の音がいつもどこかから聞こえていたのがその頃のニューヨークのマンハッタンだが、地下鉄が登場するのもこの時期である。高架鉄道の混雑ぶりは「振り子」の冒頭に描かれ、目新しい地下鉄へのみんなの関心ぶりは「マディソン・スクエア千夜一夜物語」に登場する雄弁なシェヘラザードの言葉にあらわれてくる。

「もうね、わかってるんだ、この地下鉄が走るリトル・バグダードで飯のタネがむこうからやってきたらなにをすべきかは。アスファルトに三回、頭を打ちつけて、夕飯をかけた壮大な作り話を披露する準備をするよ」

ニューヨークのマンハッタンは「地下鉄が走るリトル・バグダード」である、とでも言いたげなこのシェヘラザードの言葉は、O・ヘンリーの作品群を読むときのキーワードとしてもいまはすっかり定着している。

さらに、高層ビルが、ユニークなものから豪華なものまで、つぎつぎ出現し始めたのも、この時期である。カミソリ型のフラットアイアン・ビルが建ったのは一九〇二年で、その意表をついた形状ゆえ、街の話題になっていた。O・ヘンリーも、「吾輩は駄犬である」や、本書には入っていないが「円を四角に」にそれを登場させている。ただし、ビルの名前は出さずに、住所だけを示すという、憎らしいやりかたで。

豪華なほうはホテルである。名門となった大ホテルの数々はこの時期にあらわれた。外の世界とはまったく切り離されたかのような異次元の空間を演出するべく設計されたホテルばかりである。「ひとときの理想郷」のホテルは、まさに、そういったホテルをモデルにしている。

また、異次元の空間といったら、コニー・アイランドがある。ニューヨーカーたちが遊びに出かけていく巨大な遊園地だが、いまでいうところのテーマ・パークだ。「あさましい恋人」では愉快なオチとして言及されているし、いろいろな作品でこの遊園地はしょっちゅう話に出てきている。

まったく、O・ヘンリーはこの時期のニューヨークの風景をどさどさ取りこんでは話を作っていったのである。新聞に書いていた短編の数々を一冊にまとめた本を一九〇六年に出したとき、そのタイトルを『四〇〇万』としたが、それはそのときのニューヨークの人口だ。かれの作品が、膨張して活気づくこの都市とそこに生きる人々へのオマージュであるのがよくわかる。

ソヴィエトの作家のエヴゲーニイ・ザミャーチンは、O・ヘンリーの大のファンとして、一九二三年につぎのように書いている。

「広告が声を張り上げる。色とりどりのライトが、窓に、壁に、空にきらめく。電車の音がどこかでガタガタと鳴る。建物が狂ったように高さを増していく。まるで競い合うように――十階、十五階、二十階と。ロンドン、パリ、ベルリンをまとめて十倍もせわしなくした国、それがアメリカだ。

「フルスピードで、電話や電信を使って大金を稼ぎ、バーでは駆け足で何かを流し込み、そして――疾走するバスのなかで読書をしながら十分間、つかのまの休息をとる。十分間。それ以上はない。そしてその十分には、時速一六〇キロの電車に乗っているような疾走感や、電車に乗っていること、電車の騒音、汽車の音、そんなすべてを忘れられるような、ひとつの完結した物語が求められている。

「そんな要求に応えたのがO・ヘンリーだった。短く、完結で、急転直下の彼の物語には、アメリカが凝縮されている。ジャック・ロンドンはアメリカの自然だ。雪の降る平野であり、海であり、熱帯の島だ。いっぽうのO・ヘンリーはアメリカの都市である。ロンドンも「マーティン・イーデン」などの都市の物語を書いているし、O・ヘンリーも「西部の中心」や南アメリカの生活を描いた「キャベツと王様」で自然の物語を書いているが、そんなことは問題ではない。ジャック・ロンドンといえば、やはり何よりもまず、カナダのクロンダイクであり、O・ヘンリーといえばニューヨークなのだ」

O・ヘンリーの同時代人であるそのジャック・ロンドンは、O・ヘンリーが亡くなってまもない一九一三年に、つぎのような賛辞を送った。

「「グレート・アメリカン・ノヴェル」(偉大なるアメリカ長編小説)がどうこうという話はさんざん聞くが、実は、O・ヘンリーの短編小説《ストーリー》のなかにこそ、一流とみなされている数十人の長編作家《ノヴェリスト》によって書かれたあまたの長編小説を全部足したその何十倍も、理想の「グレート・アメリカン・ノヴェル」の中身が詰まっているのではないか。O・ヘンリーは鋭い歯のライフ(ナイフの誤記?)でアメリカの生活を切り出してみせる——表は笑いと悲しみで、裏はペーソスと夢で研いだナイフで」(一九一三年二月七日の手紙、柴田元幸訳)

O・ヘンリーがせっせと書きまくった二十世紀の初めの十年間、ニューヨークでは、文学以外の分野でも、芸術の新しい動きが芽吹きはじめていた。O・ヘンリーは「最後の一葉」に絵と格闘する画家を登場させているが、その姿には、ジョン・スローンやウィリアム・グラッケンズといった、ニューヨークの街の風景を描きつづけた、後に「アシュカン（ゴミ缶）派」と呼ばれることになる画家たちを想いおこさせるものがある。

また、一九〇三年に「カメラ・アイ」という写真雑誌を創刊させたアルフレッド・スティーグリッツは、写真を絵画に負けない芸術として広く認めさせることに力を尽くし、みずからも写真を撮って撮って撮りまくっている。いずれも、歴史の証言としても貴重であるばかりか、みごとに美しいものばかりである。

本書を編むにあたっては、O・ヘンリーが活躍した二十世紀の初めの十年間のニューヨークがどういうものであったか、どういう風景のニューヨークのなかでO・ヘンリーは仕事をし、また読まれていたのか、が理解していただけるように工夫した。それぞれの作品にやや長めの小解説をつけたのも、イラストをいくつか添えたのも、そのためである。

口絵として、ジョン・スローンやウィリアム・グラッケンズたちの絵、スティーグリッツたちの写真をもってきたのは、その時代のニューヨークが、O・ヘンリーと同時代の他のジャンルの芸術家たちにはどう見えていたのかもいっしょに味わっていただきたいからである。当時のニューヨークがいっそうの広がりをもって浮かびあがってくることと思う。

筆者は、早稲田大学の文化構想学部でいくつかの翻訳の授業をもっていて、テキストとしてO・ヘンリーの作品を使用している。翻訳はつねに原著との距離をどう埋めるのかが課題だが、アメリカという地理的距離と二十世紀初頭という時代的距離があるO・ヘンリーの作品は材料としてもってこいなのである。しかも、O・ヘンリーは言葉遣いの達人でもあれば深い教養の持ち主でもあるから、言葉遊びもあるし、古典への言及も多い。テキストとしてはけっこうむずかしい。まえに引いた文章でザミャーチンは、O・ヘンリーの作品は十分で読める、と言っているが（言葉の綾ですけど）、とてもとても簡単には片づかず、クラスのみんなでいろいろ調べ、言葉を探して、数カ月かけて訳文をそれぞれ考えていく。そうしてできあがったものを「戸山翻訳農場」というサイトに載せている。ここに集めたのはその一部である。それぞれに訳者の名前があるが、翻訳の授業に参加した学生全員の知恵と創意から生まれたものでもある。しかし、あれこれ口を出してきたのは筆者だし、ここにまとめるにあたって勝手に手を加えたりしたのも筆者だから、訳文にたいする最終的責任は筆者にある。

なお、戸山翻訳農場はまだまだつづくので、たまにぜひご覧ください。

二〇一五年三月

青山　南

訳者一覧（五十音順）

伊藤あずさ　二十年後に（After Twenty Years）
大西智子　伯爵と結婚式の客（The Count and the Wedding Guest）
岡野桂　すべてが備えつけの部屋（The Furnished Room）
詩人と農夫（The Poet and The Peasant）
川野太郎　多忙な株式仲買人のロマンス（The Romance of a Busy Broker）
菅野楽章　ひとときの理想郷（Transients in Arcadia）
ティルディの短いデビュー（The Brief Debut of Tildy）
桑垣孝平　吾輩は駄犬である（Memoirs of a Yellow Dog）
田中一成　天窓の部屋（The Skylight Room）
田元明日菜　芝居より劇的（The Thing's the Play）
ハーレムの悲劇（A Harlem Tragedy）
車を待たせて（While the Auto Waits）
中村亜衣　伝えてくれ（By Courier）
林田ひかる　千ドル（One Thousand Dollars）
樋口武志　春のアラカルト（Springtime à la Carte）
堀江里美　マディソン・スクエア千夜一夜物語（A Madison Square Arabian Night）
増子久美　魔女のさしいれ（Witches' Loaves ）
振り子（The Pendulum）
森由貴　あさましい恋人（A Lickpenny Lover）
和田惣也　整えられたともし火（The Trimmed Lamp）
マーティン・バーニィの変心（Transformation of Martin Burney）

本書は、ちくま文庫オリジナルです。

マンスフィールド・パーク
ジェイン・オースティン　中野康司訳
伯母にいじめられながら育った内気なファニーはいつしかいとこのエドマンドに恋心を抱くが——。恋愛小説の達人オースティンの円熟期の作品。

ボードレール全詩集Ⅰ
シャルル・ボードレール　阿部良雄訳
詩人として、批評家として、思想家として、近年重要度を増しているボードレールのテクストを世界的な学者の個人訳で集成する初の文庫版全詩集。

文読む月日（上・中・下）
トルストイ　北御門二郎訳
一日一章、一年三六六章。古今東西の聖賢の名言・箴言を日々の心の糧となるよう、晩年のトルストイが心血を注いで集めた一大アンソロジー。

暗黒事件
バルザック　柏木隆雄訳
フランス帝政下、貴族の名家を襲う陰謀の闇——凛然と挑む美姫を軸に、獅子奮迅する従僕、冷酷無残の密偵、皇帝ナポレオンも絡む歴史小説の白眉。

ダブリンの人びと
ジェイムズ・ジョイス　米本義孝訳
20世紀初頭、ダブリンに住む市民の平凡な日常をリアリズムに徹した手法で描いた短篇小説集。リズミカルで斬新な新訳。各章の関連地図と詳しい解説付。

眺めのいい部屋
E・M・フォースター　西崎憲／中島朋子訳
フィレンツェを訪れたイギリスの令嬢ルーシーは、純粋な青年ジョージに心惹かれる。恋に悩み成長する若い女性の姿と真実の愛を描く名作ロマンス。

キャッツ
T・S・エリオット　池田雅之訳
劇団四季の超ロングラン・ミュージカルの原作新訳版。あまのじゃく猫におちゃめ猫、猫の犯罪王に鉄道猫。15の物語とカラーさしえ14枚入り。

ランボー全詩集
アルチュール・ランボー　宇佐美斉訳
束の間の生涯を閃光のようにかけぬけた天才詩人ランボー——稀有な精神が紡いだ清冽なテクストを、世界的ランボー学者の美しい新訳でおくる。

怪奇小説日和
西崎憲編訳
怪奇小説の神髄は短篇にある。ジェイコブズ「失われた船」、エイクマン「列車」など古典的怪談から異色短篇まで18篇を収めたアンソロジー。

世界幻想文学大全
幻想小説神髄
東雅夫編
ノヴァーリス、リラダン、マッケン、ボルヘス……時代を超えたベスト・オブ・ベスト。松村みね子、堀口大學、窪田般彌等の名訳も読みどころ。

素粒子
ミシェル・ウエルベック　野崎歓訳
人類の孤独の極北にゆらめく絶望的な愛——二人の異父兄弟の人生をたどり、希薄で怠惰な現代の一面を描き上げた、鬼才ウエルベックの衝撃作。

地図と領土
ミシェル・ウエルベック　野崎歓訳
孤独な天才芸術家ジェドは、世捨て人作家ウエルベックと出会い友情を育むが、作家は何者かに惨殺される——。最高傑作と名高いゴンクール賞受賞作。

競売ナンバー49の叫び
トマス・ピンチョン　志村正雄訳
「謎の巨匠」の暗喩に満ちた迷宮世界。突然、大富豪の遺言管理執行人に指名された主人公エディパの物語。郵便ラッパとは？　（巽孝之）

スロー・ラーナー［新装版］
トマス・ピンチョン　志村正雄訳
著者自身がまとめた初期短篇集。「謎の巨匠」がみずからの作家生活を回顧する序文を付した話題作。驚異に満ちた世界。　（高橋源一郎、宮沢章夫）

エレンディラ
G・ガルシア＝マルケス　鼓直／木村榮一訳
大人のための残酷物語として書かれたといわれる中・短篇。「孤独と死」をモチーフに、大著『族長の秋』につらなるマルケスの真価を発揮した作品集。

氷
アンナ・カヴァン　山田和子訳
氷が全世界を覆いつくそうとしていた。私は少女の行方を必死に探し求める。恐ろしくも美しい終末のヴィジョンで読者を魅了した伝説的名作。

アサイラム・ピース
アンナ・カヴァン　山田和子訳
出口なしの閉塞感と絶対の孤独、謎と不条理に満ちた世界を先鋭的スタイルで描き、作家アンナ・カヴァンの誕生を告げた最初の傑作。　（皆川博子）

オーランドー
ヴァージニア・ウルフ　杉山洋子訳
エリザベス女王お気に入りの美少年オーランドー、ある日目をさますと女になっていた——4世紀を駆ける万華鏡ファンタジー。　（小谷真理）

昔も今も
サマセット・モーム　天野隆司訳
16世紀初頭のイタリアを背景に、「君主論」につながるチェーザレ・ボルジアとの出会いを描き、「政治人間」の生態を浮彫りにした歴史小説の傑作。

コスモポリタンズ
サマセット・モーム　龍口直太郎訳
舞台はヨーロッパ、アジア、南島から日本まで。故国を去って異郷に住む〝国際人〟の日常にひそむ事件のかずかず。珠玉の小品30篇。　（小池滋）

バベットの晩餐会
I・ディーネセン　桝田啓介 訳
バベットが祝宴に用意した料理とは……。一九八七年アカデミー賞外国語映画賞受賞作の原作と遺作「エーレンガート」を収録。（田中優子）

ヘミングウェイ短篇集
アーネスト・ヘミングウェイ　西崎憲 編訳
ヘミングウェイは弱く寂しい男たち、冷静で寛大な女たちを登場させ「人間であることの孤独」を描く。繊細で切れ味鋭い14の短篇を新訳で贈る。

カポーティ短篇集
T・カポーティ　河野一郎 編訳
妻をなくした中年男の一日を、一抹の悲哀をこめ、ややユーモラスに描いた本邦初訳の「楽園の小道」他、選びぬかれた11篇。文庫オリジナル。

フラナリー・オコナー全短篇（上・下）
フラナリー・オコナー　横山貞子 訳
キリスト教を下敷きに、残酷さとユーモアのまじりあう独特の世界を描いた第一短篇集『善人はなかなかいない』を収録。個人全訳。（蜂飼耳）

動物農場
ジョージ・オーウェル　開高健 訳
自由と平等を旗印に、いつのまにか全体主義や恐怖政治が社会を覆っていく様を痛烈に描き出す。『一九八四年』と並ぶＧ・オーウェルの代表作。

パルプ
チャールズ・ブコウスキー　柴田元幸 訳
人生に見放され、酒と女に取り憑かれた超ダメ探偵が次々と奇妙な事件に巻き込まれる。伝説的カルト作家の遺作、待望の復刊！（東山彰良）

ありきたりの狂気の物語
チャールズ・ブコウスキー　青野聰 訳
すべてに見放されたサイテーな毎日。その一瞬の狂った輝きを切り取る、伝説的カルト作家の愛と笑いと哀しみに満ちた異色短篇集。（戌井昭人）

死の舞踏
スティーヴン・キング　安野玲 訳
帝王キングがあらゆるメディアのホラーについて圧倒的な熱量で語り尽くす伝説のエッセイ。「２０１０年版へのまえがき」を付した完全版。（町山智浩）

スターメイカー
オラフ・ステープルドン　浜口稔 訳
宇宙の発生から滅亡までを壮大なスケールで描いた幻想の宇宙誌。１９３７年の発表以来、各方面に多大な影響を与えてきたＳＦの古典を全面改訳で。

トーベ・ヤンソン短篇集
トーベ・ヤンソン　冨原眞弓 編訳
ムーミンの作家にとどまらないヤンソンの作品の奥行きと背景を伝える短篇のベスト・セレクション。「愛の物語」「時間の感覚」「雨」など、全20篇。

ねにもつタイプ　岸本佐知子

何となく気になることにこだわる、ねにもつ。思索、奇想、妄想はばたく脳内ワールドをリズミカルな名短文でつづる。第23回講談社エッセイ賞受賞。

TOKYO STYLE　都築響一

小さい部屋が、わが宇宙。ごちゃごちゃと、しかし快適に暮らす、僕らの本当のトウキョウ・スタイルはこんなものだ！　話題の写真集文庫化！

自分の仕事をつくる　西村佳哲

仕事をすることは会社に勤めること、ではない。仕事を「自分の仕事」にできた人たちに学ぶ、働き方のデザインの仕方とは。（稲本喜則）

世界がわかる宗教社会学入門　橋爪大三郎

宗教なんてうさんくさい!?　でも宗教は文化や価値観の骨格であり、それゆえ紛争のタネにもなる。世界宗教のエッセンスがわかる充実の入門書。

ハーメルンの笛吹き男　阿部謹也

「笛吹き男」伝説の裏に隠された謎はなにか？　十三世紀ヨーロッパの小さな村で起きた事件を手がかりに中世における「差別」を解明。（石牟礼道子）

増補　日本語が亡びるとき　水村美苗

明治以来豊かな近代文学を生み出してきた日本語が、いま、大きな岐路に立っている。我々にとって言語とは何なのか。第８回小林秀雄賞受賞作に大幅増補。

子は親を救うために「心の病」になる　高橋和巳

子は親が好きだからこそ「心の病」になり、親を救おうとしている。精神科医である著者が説く、親子という「生きづらさ」の原点とその解決法。

クマにあったらどうするか　姉崎等　片山龍峯

「クマは師匠」と語り遺した狩人が、アイヌ民族の知恵と自身の経験から導き出した超実践クマ対処法。クマと人間の共存する形が見えてくる。（遠藤ケイ）

脳はなぜ「心」を作ったのか　前野隆司

「意識」とは何か。どこまでが「私」なのか。死んだら「心」はどうなるのか。――「意識」と「心」の謎に挑んだ話題の本の文庫化。（夢枕獏）

モチーフで読む美術史　宮下規久朗

絵画に描かれた代表的な「モチーフ」を手掛かりに美術を読み解く、画期的な名画鑑賞の入門書。カラー図版約１５０点を収録した文庫オリジナル。

ちくま文庫

O・ヘンリー ニューヨーク小説集《しょうせつしゅう》

二〇一五年五月十日　第一刷発行
二〇二三年八月十日　第二刷発行

著　者　O・ヘンリー
訳　者　青山南（あおやま・みなみ）
　　　　戸山翻訳農場（とやまほんやくのうじょう）

発行者　喜入冬子
発行所　株式会社　筑摩書房
　　　　東京都台東区蔵前二―五―三　〒一一一―八七五五
　　　　電話番号　〇三―五六八七―二六〇一（代表）

装幀者　安野光雅
印刷所　株式会社精興社
製本所　株式会社積信堂

ISBN978-4-480-43268-1　C0197